転生先で捨てられたので、
もふもふ達とお料理します
～お飾り王妃はマイペースに最強です～
2
桜井悠
illust. 凪かすみ
JN048422

グレンリード・ディ・ヴォルフヴァルト
銀狼王の異名を持つヴォルフヴァルト王国の国王
イ・リエナ
北の離宮のお妃候補

ナタリー
西の離宮の
お妃候補
ケイト
東の離宮の
お妃候補
レティーシア・
グラムウェル
料理好きのOLだった
前世を持つ
公爵令嬢

メルヴィン
グレンリードの
昔馴染みの側近
ヘイルート
ライオルベルン王国
出身の青年画家
ぐー様
レティーシアの
離宮をたびたび
訪れる狼

転生先で捨てられたので、
もふもふ達とお料理します
〜お飾り王妃はマイペースに最強です〜
2
桜井悠
illust. 凪かすみ

Contents

一章
苺狩りと
ショートケーキ
004

二章
もふもふの前で、
人は秘めた姿を
現すものです
042

三章
狐と
山猫と
084

四章
サンドイッチと
ぐー様
134

五章
塩の宿した
可能性
184

六章
当たり前の美味しさを　220

七章
もふもふ達の生きるこの国で　257

書き下ろし番外編①
料理長は野菜を片手にかく語る　268

書き下ろし番外編②
空を自由に飛んでみよう　280

一章　苺狩りとショートケーキ

私、レティーシア・グラムウェルは日本人だった記憶を持つ転生者だ。

前世の記憶を取り戻した直後は、王太子との婚約破棄も重なって混乱したけど。ここのところはそれなりに、心穏やかなのんびり生活を送れていた。

銀狼王・グレンリード陛下に離宮を与えられ、料理長であるジルバートさんと仲良くなり。

離宮を訪れる狼達に懐かれ、庭師猫のいっちゃんと出会って。

そして、シフォンケーキに関する騒動が一区切りを迎えたその日。

私は離宮に新たなもふもふ、グリフォンのフォンを迎え入れることになった。

「きゅぁっ？」

白い羽毛に覆われた、フォンの首を撫でてやる。

飾り羽を揺らし、目を細めるフォン。その頭部は私より高い位置にあり、優に体長二メートル以上はある。猛禽の上半身に、獅子を思わせる下半身。離宮の中で暮らしてもらうには、いささかフォンは大柄だった。

「フォンのためのお家を作るから、しばらく待っててもらえる？」

「くあっ！」

私の言葉に、フォンが首を縦に振る。人の言葉を解する、賢い子のようだ。

とりあえず、フォンが来る時に入れられていた木箱の近くで過ごしてもらうことにした。

フォンはこちらの指示に素直に従い、翼を折りたたんでちょこんと木箱の中に座っている。

犬小屋に収まったわんこのようで、大きさは全然違うけど、前世で飼っていた柴犬のジローを思い出す。愛犬……もとい、愛グリフォンのフォンには、できるだけ早く新しい住処を作ってあげたいところだ。

魔術を駆使すれば、犬小屋ならぬグリフォン小屋作りはどうにかなりそうだけど……。

「陛下に許可を取ってからの方がいいわね……」

フォンが入るサイズとなると、人間の家並みの大きさになるはずだ。

私に与えられた離宮とはいえ、陛下にも話を通しておく必要がある。

……それに陛下にはグリフォン小屋の件以外にも、ナタリー様の処遇や、できたらシフォンケーキの感想など、お聞きしたい話題が満載だ。

どのようにして陛下につなぎを取るか、自室で考えていたところ――

「グレンリード陛下からお手紙がきたようです」

王家の紋章である、剣と狼の封蝋が押された手紙が届けられた。

明日の夕方にでも、一度王城にて話がしたいという文面だ。

「お嬢様、どうなさいますか？」

私をお嬢様と呼ぶのは、祖国からついて来てくれた従者のルシアンだ。黒髪を綺麗に整えたルシアンは、一分の乱れもない黒の従者服を、すらりとした長身にまとっている。

「もちろん、ご招待にあずかるつもりよ。渡りに船ね」

幸い、明日の夕方なら空いている。

というか基本、夕方以降はフリータイムだ。

昼間も暇なんじゃ？

と言われるかもしれないが、狼達と戯れる、崇高なる使命があったりする。

「……それに明日は、狼達のブラッシングだけじゃなくて、少し忙しいものね」

「はい。私の方も、準備に手抜かりはありません」

ルシアンが頷いた。

明日の昼には、ちょっとしたイベントがある。

私が楽しみに待つそれは――

◇　◇　◇

「にゃにゃぁっ‼」

翌日の朝、私の自室にて。

『いざ出陣‼』

と言わんばかりのやる気に満ち溢れた鳴き声を、庭師猫のいっちゃんが上げていた。

二本の足で立ち上がり、ライトグリーンの瞳を輝かせている。

普段、どちらかといえばテンション低めで、丸まって日向ぼっこをしている姿とは大違いだ。

「なぅなぅな～～～～っ」

「はいはい、いっちゃん。ちょっと待っててね？」

早く早くと急かすいっちゃんに笑いかけ、小さなバスケットを手に立ち上がる。

向かう先はまず、窓辺にある鉢植え達。

「いっちゃんのおかげで、綺麗に赤く育ったわね」

「にゃにゃっ‼」

その通りだ、と言わんばかりにいっちゃんが鳴き返す。

朝の光を浴び、真紅の宝石のような苺が、瑞々しく美味しそうに輝いている。

「苺狩り、開幕ね！」

私といっちゃん待望の、苺狩りの時間だ。

鉢植えに近づくと、甘酸っぱい香りに包まれる。

緑のガクが反り返り、表面の粒々が飛び出しそうに瑞々しい苺は、完熟して食べごろの証だ。

果実を傷つけないよう、ガクの上の蔓をそっとハサミで切っていく。

掌に乗る苺はころころとした形が可愛らしく、それ以上に胃袋への攻撃力が高かった。


ぐ～～～～～～っと。

胃袋が鳴った。

私ではなく、じっと真横で苺を見つめているいっちゃんだ。

興奮のせいか、朝の光を浴びているにもかかわらず、瞳孔が開き黒目が大きくなっていた。

手ずから育てた苺の収穫に、とてもとても期待しているようである。

そんないっちゃんに見守られながら、苺を摘んでバスケットの中に入れていく。室内で育てたおかげか、はたまたいっちゃんの能力のおかげか、苺は虫食いもなく美味しそうだ。

食べごろの苺を取りつくした後は、離宮の外のいっちゃんお手製苺畑へ向かうことにする。

「こっちも見事ね。さすがいっちゃん！　庭師猫様！」

「にゃっ‼」

えっへん、と言わんばかりにいっちゃんが胸を張っていた。

小さな苺畑の主（あるじ）に感謝しつつ、甘い香りの漂う苺の株へとしゃがみ込む。

いっちゃんが庭師猫の能力を使い育てた苺は、全部で三十株ほどになっていた。

生育状況はややばらつきがあり、真っ赤に熟した苺の株と、可憐（かれん）な白い花をつけた株が混在している。

食べごろの苺を収穫していたところ、変わった形の苺が目に入った。

「これは……」

他の菱形（ひしがた）の苺とは違い、横幅の大きい太った苺だ。

先端部が逆三角形ではなく、左右に二つの突起が飛び出している。

ヘタの部分を下に、二つの突起が上になるよう向きを変えると、

「猫の顔……」

二つの突起が猫の耳のようで、正面から見た猫の顔に似ている。

庭師猫のいっちゃんの横に掲げてみると、やはりそっくりの形だ。

思わぬ偶然にほっこりしていると、いっちゃんが首を回しぱくり。苺へと食いついたのだった。

「わっ、こらっ！　生で食べると、料理した分がお腹に入らなくなっちゃうわよ？」

注意するも、どこ吹く風のいっちゃんだ。

マイペースな姿に苦笑しつつ、こんなこともあろうかと用意していたものがある。

「お嬢様、どうぞこれを」

以心伝心。

ルシアンが素早く差し出したのは、陶器製の器に入れられた薄い黄色のどろりとした液体だ。

「苺狩りといったら、やっぱこれ。練乳よね」

牛乳と砂糖を混ぜて作った練乳をすくい、摘みたての苺へと垂らしていく。

とろりとした練乳をまとった苺は、ミルキーな甘さでとても美味しかった。

「ほら、いっちゃんも食べてみる？」

じっとこちらを見ていたいっちゃんに、練乳かけ苺を差し出してやる。

いっちゃんはふんふんと匂いを嗅いだ後、小さな牙で苺へとかじりつく。

練乳が垂れないよう、少し慌てた様子だ。

「にゃぁ‼　にゃにゃにゃぁ‼」

美味しい！　もっとちょうだい‼

……といったところだろうか？

あっという間に食べ終えたいっちゃんが、ずいずいと肉球を伸ばしてくる。

「ふふ、今はもう一粒だけよ？」

そんな姿に、ついつい苺を渡してしまう。

猫と苺。反則的に可愛い組み合わせだ。

肉球と苺のコラボに身もだえていると、木立を鳴らしジルバートさんが現れた。

「レティーシア様、おはようございます。収穫は順調なようですね？」

「えぇ。甘酸っぱくてとても美味しいわ。一粒味見してみる？」

「はい‼　いただきますね」

魔術で水洗いした苺を手渡す。

ジルバートさんは軽く苺の匂いをかぎ観察した後、先端から食べることにしたようだ。

「……今日の苺もとても美味しいです。私は以前、『貧者の宝石』と呼ばれていた頃の苺も食べたことがありますが、甘さも香りもこちらの方が強いように感じます。さすが、庭師猫の育てた苺ですね」

ジルバートさんの言葉に、いっちゃんがお髭(ひげ)をふよふよと揺らしている。

どこか誇らしげな、嬉(うれ)しそうな様子だ。

「いっちゃんのおかげで、苺が甘くなったのね。……他の苺は、あまり甘くないのかしら？」

「いえ、この苺と比べての話で、他の苺も甘酸っぱく爽やかで、あれはあれで美味しかったと思います。少なくとも、えぐみのある『魔物の宝石』よりは、味もずっと上等だったと記憶しています」

「へぇ、そうなの……って待って‼　今なんて言いましたの⁉」

聞き捨てならないセリフがあったよ⁉

「『魔物の宝石』を食べたんですか⁉」

「はい。食べました。えぐみと酸味が強すぎて、お世辞にも美味しいとは言えない味でしたよ。食感は瑞々しく悪くないですが、人を選ぶ食べ物ですね」

丁寧な食レポ（？）が返ってきた。

「感想ありがとうございます‼　でも毒があるんですよね⁉」

「御覧の通り、今も健康です。危険なのは、特殊な処理を行ったものだけですから」

ははは、と軽く笑い、ジルバートさんはケロッとしている。

「そ、そうなの……。生で食べれば、これといった被害は無いのね」

「丸一日、腹痛でのたうちまわるくらいですみます」

「立派な毒じゃないですか‼」

ドン引きだ。

いっちゃんも無言で、心なしか引いているような気がする。

ジルバートさん曰く、一、二粒なら後遺症が無いと知っていたから、試しに食べてみたらしい。万が一、料理に混入してしまった場合、いち早く気づけるよう味を確認するためでもあったらしいが……。だからといって、実際に食べてみるのはチャレンジャーすぎると思う……。

「いやぁ、あの頃は私も若かったですからね。どんな味がするか気になったんですよ。もしとても美味しかったら、どうにか毒を抜いて食べられないかと思ったんですが……あの味はないですね。残念です」

「……それは、とても残念でしたね……」

真剣な顔で駄目だしをするジルバートさんに、とりあえず頷いておくことにする。

……ジルバートさん、もし昔の日本に生まれていたら、危険度の高いフグ料理にもチャレンジする人種ではないだろうか？

一流の料理人だけあって、食材に傾ける好奇心は人一倍だと知っている。

彼がこの離宮にきた理由だって、ナタリー様の食生活を心配し物申したからだ。

普段は押しが弱く優しげだが、料理に真剣に向かい合う姿は尊敬できる……。できるのだけど……。

だからといって、毒だとわかり切っている食材を口にするのは驚きというか……。

良い子のみんなは、決して真似してはいけない行動だ。

ジルバートさんの思わぬ一面に、一歩引いた私といっちゃんなのだった。

◇　◇　◇

ジルバートさんに尊敬と戦慄を覚えつつ、手分けして苺を収穫していく。

結果、集まった完熟苺は百粒ほど。

まだ青い苺もあるから、これからしばらくは毎日収穫を続けていくつもりだ。

甘酸っぱい香りを漂わせながら、離宮へと戻りエプロンドレスへと着替える。

厨房に入ると、まずは苺を仕分けていくことにする。

外で育っていた苺には、地面に垂れ汚れや傷みが見られるものもあった。

そういった苺は傷んだ箇所を切り取り、苺ジャムの材料として使用する。

今日作る苺料理は三つ。

使いまわしやすく保存が利く砂糖入りの苺ジャム。

潰した苺を生地に練り込んだ苺のシフォンケーキ。

そして、苺といったらこれだよね！　という、苺スイーツの代表格――

「しょーとけーき、ですか？　作るのも食べるのも初めてですが、ぜひ成功させたいですね」

神妙な顔をしたジルバートさんが、私の書いたレシピメモを手に気合いを入れていた。

真っ赤な苺が乗ったショートケーキ。

苺が手に入ったからには、ぜひ作ってみたい一品だ。

幸運なことに、シフォンケーキ作りの試行錯誤の過程で、ジルバートさん達も地球産の泡立て器の使い方をマスターしていた。

彼らの助けを借りつつ、この世界初のショートケーキ作りに挑戦することにする。

「まずは、生地作りからね」

卵に砂糖にバター、デコレーション用の生クリームといった材料を並べ、調理を始める。

ボウルに卵を割り入れほぐし、砂糖を加え円を描くようにしてかき混ぜる。

スポンジ生地が綺麗に膨らむよう、泡立ては湯せんにかけながらの作業だ。

卵は温めないと泡立ちが悪く、生地が膨らまなくなってしまうからだ。

ただし、あまり温度が上がりすぎても失敗なので、途中で湯せんから下ろして混ぜていく。

目安の温度は確か、人肌程度だったはず。

上手（うま）くいきますようにと願いつつ、泡立て器をふるい高速でかき混ぜ、少し速度を落としキメを整えていく。

泡立て器を持ち上げた時、卵液が絡み落ちにくくなり帯状の形が少し残るくらいまで泡立てる。

その後は薄力粉やバターを順番に加え、木べらで混ぜ次第型へと流し入れる。

型を台の上に二回ほど落とし泡を取った後はオーブンに入れ、しばらく待ってから取り出す。

「いい色と匂いね……」

焼きたてのスポンジケーキの表面は狐色（きつねいろ）に色づき、甘い匂いを漂わせていた。

生地の中の水蒸気を出すため、型を台に落とした後、型から外し網の上で冷ましておく。

その間に、他の料理人達が調理してくれている苺ジャムの様子を確認し、苺シフォンケーキ作りに着手した。

基本はプレーンなシフォンケーキと同じ作り方で、違うのは、生地にピューレ状にした苺を加えていくところだ。

電動ミキサーはないため、ザルの上に苺を乗せフォークで押し潰していくことにする。

手作業で地道に、そして匂いが飛ばないようできる限り素早く、苺をピューレ状に潰していく。

苺ピューレと生地を混ぜていると、

「綺麗な薄紅色になりましたね……」

大柄な料理人が、こちらの手元を見ていた。

料理人の中で一番の体格を誇り、クマさんのあだ名で呼ばれている彼だが、かわいいものに目がない性格だ。乙女な感性を宿したクマさんは、ピンクのシフォン生地に心奪われているようだった。

「よし。これで混ざりました。あとはオーブンに入れて、と……」

シフォン生地をオーブンで焼き上げる間に、ショートケーキの組み立てに取り掛かる。

円形のスポンジを三枚にスライスし、生クリームを泡立てホイップクリームを作成。

土台となるスポンジの上にシロップを塗り、ホイップクリームを塗り重ねる。

その上にヘタを取った苺を隙間なく並べ、更にクリームを塗っていく。

一番下の層がスポンジ、二層目がクリームと苺、三層目がまたスポンジ。

そして四層目には、できたての濃厚な苺ジャムを塗り、その上にスポンジを乗せていく。

合計五層になったケーキへと、ホイップクリームを全体に塗り広げる。

「クリームをならして、仕上げにこの星口金ね」

私の魔術、『整錬』で作り出した星口金と、柔らかい布を使った絞り袋を組み立て、残ったクリームでデコレーションしていく。

飾り付けは、やはりどうしても緊張する作業だ。

クマさんも、大きな体をかがめじっと見守っている。

「おぉ……‼　まるで、花が咲いたようですね‼」

銀色の星口金から絞られるクリームは、白くほころぶ花のように可憐だった。

最後に選り（え）すぐりの大粒の苺を並べれば、白と赤で飾られたケーキの完成だ。

「これは……。とても美しいケーキですね。上に乗せられた苺が、まさしく宝石のように輝いています」

ジルバートさんも、しきりに感心している。

少し恥ずかしくなるが、ショートケーキはこの世界基準でも、見た目の評価は高いらしい。受け入れてもらえたようで一安心だった。

『貧者の宝石』と呼ばれ、嫌厭（けんえん）されていたこの国の苺。

だが、たとえ蔑称であれ『宝石』とあだ名がついているあたり、見た目だけなら高評価のはずだった。

味だって、日本に比べ甘味の貴重なこの世界では、十分一軍を張れる逸材のはずである。

今はまだ、『魔物の宝石』と形が似ているということで、食材扱いされることが少ない苺だけど。ゆくゆくは苺料理が一般化して、春にはあちこちで食べられるようになったらいいなぁと思っていると……背後から視線の圧力を感じた。

振り返ると予想通り、いっちゃんの姿がある。ミニサイズのマイフォークを構え、厨房の入口から覗き込んでいた。

「待ってて。今、ケーキを切り分けるわ」

いっちゃんは、苺作りの立役者だ。

さっそくショートケーキを献上すべく、丸いケーキにナイフを入れ切っていく。

切り口からのぞく卵色のスポンジと紅い苺が、綺麗に層になって折り重なっていた。

苺が乗ったケーキの皿を、いっちゃんの前にそっと置く。

いっちゃんは前後左右からケーキの外見を確認した後、えいやっとフォークを突き刺した。

「……」

クリームを口の周りに付けながらも、無言で食べ進めていくいっちゃん。

どうやら、ケーキに乗っかった苺は最後に食べるタイプのようだ。

満足げに大粒の苺をのみ込むと、「にゃっにゃにゃにゃにゃ〜〜〜」と猫語で感謝の言葉らしきものをこちらに伝え、満腹とばかりに丸くなっている。

「うにゃぅにゃ……」

むにゅむにゅと呟きつつ、いっちゃんが幸せそうに眠り始めた。

そっと抱きかかえ、部屋のいっちゃん用ベッドに連れて行った後は、厨房の料理人達と苺料理の実食会だ。

切り分けられたショートケーキを口にする。

滑らかなクリームに、ふんわりとしたスポンジ、瑞々しい苺の甘酸っぱさ。

舌の上で重ねられたスポンジがほどけ、甘い香りが広がる。

「美味しい……」

苺のほのかな酸味が、爽やかでアクセントになっている。

スライスした苺と苺ジャムの二種類を、一度に味わえるお得なケーキだ。

「見て良し、加工しても更に美味しいとは、苺の可能性を今改めて実感しますね……」

よしよし。

味について、ジルバートさんの太鼓判を得られたようだ。

他の料理人達も、見慣れないショートケーキに驚きつつも、フォークで食べては美味しそうに頬を緩めていた。

料理人のうち、ショートケーキを食べているのは四分の三ほど。残りの料理人は、やはりまだ苺の形に抵抗感があるということで、苺のシフォンケーキを試食してもらっている。

ほんのり苺色の生地のシフォンケーキなら、苺の原形が残っていないから大丈夫なようだった。

「美味いな」

「あぁ。前のシフォンケーキも美味しかったけど、こっちの方が甘酸っぱくて俺は好みだ」

「次は俺も、あっちのショートケーキに挑戦してみたいな」

反応は上々。

少しずつ苺への抵抗感をなくし、食材として広めるための作戦は成功だ。

初めは料理人達から、そしていずれは彼らの知人友人へと、苺の良さを広めていくのが目標である。

「まずは、受け入れてもらえそうで良かったわ。この調子で、この後の陛下とのお話も上手くいくとよいのだけど……」

夕刻が迫る中、外行きのドレスへと袖を通し呟いた。

今日のドレスは、苺のツルや葉を思わせる明るい緑の布地だ。飾りの白レースが、苺の花を思わせて可憐だった。

ドレスを整え、侍女の手を借り髪に編み込みと飾りを施すと、ルシアンと馬車に乗り込んだ。

王城の馬車止まりでは、メルヴィンさんが待っていた。

明るい金の髪と、柔らかな笑顔の持ち主の彼は、グレンリード陛下の側近だ。彼に導かれ、王城の中を進んでいった
「久しいな、我が妃よ。息災だったか？」

謁見の間で、グレンリード陛下の出迎えを受ける。

陛下は今日も、とてもとても美形だ。青みがかった緑の瞳は冬の湖のようで、静かにこちらを

見据えている。銀の髪は燭台の光に煌めき、秀でた輪郭を引きたてていた。

「ごきげんよう、陛下。おかげさまで、離宮では健やかな毎日を過ごせていますわ」

「そうか。ならばよい。……その箱が、今日の手土産なのか？」

陛下の視線が、ルシアンの持つ大きな木箱へと向けられている。

「手土産、とは少し違うのですが……。一度、陛下に直接ご覧いただきたくて、持参いたしました」

ルシアンに目配せをし、木箱から中身を取り出させる。

「その植物は、魔物の宝石……いや、違う。似ているが別物だな？」

「はい、違います。ですが陛下、よく一目でおわかりになりましたね？」

「……私は鼻が利くからな」

……比喩表現だろうか？

どちらにしろ、陛下はすごいな。

玉座に在るものとして、毒物の知識にも精通しているのかもしれない。

陛下への尊敬の念を向けつつ、その日の会合は始まった。

「その植物が、『魔物の宝石』ではないということは理解している。だがなぜ私の前に、そんな紛らわしい植物を持ってきたのだ？」

「紛らわしいからこそ、です。私は現在、離宮でこの植物を何株も育てていますから」

「……なるほど。誤解と中傷を恐れてのことか」

苺を見つつ、陛下は小さく頷いた。

こちらの事情を理解してくれたようだ。

話が早く、ありがたいことだった。

私が苺を育てていると、離宮の使用人達は知っているし、受け入れてくれているけど……もしそれ以外の人物、例えば、王妃である私に敵意を抱く相手に知られてしまったら？

『あの王妃は離宮で魔物の宝石を育てている』と誤解され、悪い噂（うわさ）を流されてしまう可能性だってあった。

……前世の地球では、家庭菜園で大麻と似た植物を育てていたら警察がやってきた、なんて話もある。

お飾りとはいえ王妃という立場にある以上、用心しすぎるということはなかった。

今にして思えば、シフォンケーキの盗作騒動だって、私が離宮で引きこもり油断していたのが一因だ。

この国のトップである陛下には、誤解されがちな苺について一度話を通しておくべきだった。

「この植物、私は『苺』と呼んでいます。実の形こそ魔物の宝石に似ていますが、こちらに毒性はありません。食べると甘く美味しいので離宮で栽培し、食材として研究していました」

「……近頃、妙に浮かれていたのはそのせいか」

「陛下？　何か仰（おつしや）いましたか？」

ボソリと呟いた陛下は、誤魔化すように長い足を組み替えた。

「いや、何でもない。苺の離宮での栽培については認めよう。他に何か、私に伝えておきたいことや頼み事はあるのか？」

「では陛下、よろしければこれから、お茶をご一緒できますか？」

「茶を？」

「はい。お茶菓子として、献上したい品がございます」

事情を説明し、部屋を一つ用意してもらった。

謁見の間から小部屋をいくつか隔てた場所にある、食卓の設えられた一室。

応接室でもある部屋の壁には、天井から床まで届きそうな、大きなタペストリーが飾られていた。柄はヴォルフヴァルト王家の紋章、銀の狼を織り出したものだ。

ヴォルフヴァルト王室の祖、グレンリード陛下のご先祖様は、銀の狼だったという伝説があり、王家の紋章にもなっている。銀の毛並みに緑の瞳という、ぐー様を思い出す配色の紋章の狼に見守られながら、陛下と向かい合わせで席に着く。

紅茶が運ばれてきたのを合図に、私の背後に控えるルシアンが、捧げ持つ盆の覆いを取った。

「レティーシア様が離宮で育てた苺を使った、新作の菓子にございます」

並べられたのは、食べやすいようヘタを取った苺、ガラス瓶入りの苺ジャム、ほんのり赤い苺シフォン、そしてクリームで飾り付けられたショートケーキだ。

ケーキの上で艶々と赤く輝く苺に、陛下は瞳を細めているようだった。

「こうして間近で見ると、やはり形は魔物の宝石に似ているな」

「ええ。でも決して、毒などはございませんわ」

安心させるよう微笑む。

陛下に献上する食物は、陛下付きの従者達によって事前に、全て毒見がなされている。

……が、それだけでは陛下も、見慣れない苺を食べるのはやはり躊躇するのかもしれない。

もう一押しするべく、そっと大粒の苺を手に取った。

汁を飛び散らせないよう気を付けつつ、口の中へとおさめ嚥下する。

「この通り、食べても何ら支障はございません」

甘酸っぱい味を楽しみつつ、身をもって毒ではないと証明する。

「こちらのジャムは苺を煮て作ったもので、シフォンケーキの生地には潰した苺が混ぜ込んであります。ジャムの方は日持ちしますので、お気が向いたら召し上がってください」

「あぁ、そうさせてもらおう。ケーキの方は、今ここで食べてもよいのだな?」

「……はい。陛下に召し上がっていただけるなら光栄ですわ」

頷きつつも、正直予想外な展開だ。

陛下には、苺を一口二口食べてもらえれば十分、ケーキは手を付けてもらえないだろうと思っていた。

以前、陛下に差し上げたシフォンケーキについては、ごく形式的な感想しかいただけていないのだ。

……だから私はてっきり、陛下はシフォンケーキに対し、あまりいい印象を抱いていないのだと思っていた。甘いものは苦手なのかもと、そう予想していたのだ。

今日献上した苺シフォンケーキも、この場では形式的な礼を述べられるだけで、後で陛下の従者達が食べるだろうと予想していたから、少し意外なのが本音だ。

陛下は銀のフォークを手に、一口大に切ったシフォンケーキを口に運ぶ。

美味しく食べてもらえるだろうか？　味は気に入ってもらえるのだろうか？

内心ソワソワしながら、陛下のお食事を見守った。

思えば夫婦となって一月以上が経っているけど、食事の場に同席したのは初めてだ。

目の前でケーキを食べる陛下の姿に、どこか安心するような気がした。

陛下は自分を律し、滅多に感情の色をのぞかせないお人だ。

まるで、生ける氷の彫像のような陛下だけど。私と同じ飲み食いをする人間だと、そう実感することができた。その事実に少しおかしくなり、冗談を口にしてみる。

「私、安心いたしました。陛下もやはり人間なんですね」

「……っ⁉」

ごほごほと、陛下が急にむせ込んだ。

ケーキの欠片が、喉の奥にでも張り付いたのだろうか？

「陛下、大丈夫ですか？　紅茶を飲まれますか？」

「……っ、おまえはっ、いきなり何を言い出すのだ？　私が人間であるなど、当たり前のことではないか。まさか私のことを、狼か何かだとでも思っていたのか？」

「いえ、そんなことはございません。ただ、陛下はいつも凛々しくていらっしゃいますから、こうやって只人と同じように、お食事をなさる姿が新鮮でして……」

「……そういう意味か」

紛らわしいな、と。

どこか焦ったようにグレンリード陛下が呟いた。

「すみません、陛下。わかりにくい冗談でしたわ」

「……まぁいい。この苺シフォンに免じ許してやる」

「‼　気に入っていただけたのですか？」

「あぁ。美味しかったぞ」

感想を口にする陛下の目元が、少しだけ緩んでいる気がした。

不意打ちの微笑に、心臓が鼓動を速める。

いつもは冷ややかな碧の瞳が、冬の陽だまりのような温かさを灯しているようで。

注意していなかったら見逃してしまいそうな、ほんの些細な変化だったけれど。

初めて見る陛下の笑顔は、だからこそとても印象的だ。

……嬉しい。

苺シフォンを美味しいと言ってもらえたこと。

それに、基本無表情な陛下の微笑は、なかなかに貴重で嬉しかった。

「……ありがとうございます、陛下。お口に合ったようで良かったです」

「初めて食べる味だが、この苺なる食材、香りも優れているようだな？」

「はい。私も、この甘酸っぱい香りが大好きです」

自然と微笑みが浮かぶ。

前世も今も、苺は私の好物だ。

苺の魅力が陛下にも伝わり、心が浮き立つのがわかった。

うきうきとする私とは対照的に、陛下は静かにこちらを見つめていた。

「陛下、どうなさったのですか？」

「……いや、何でもない。そこにある、単体の苺が気になっただけだ」

陛下の視線が少しずれ、私の前に盛られた大粒の苺に注がれる。

どうやら陛下、苺に興味を持ってくれたようだった。

「どうぞ。こちらも召し上がってくださいませ。陛下の場合、苺シフォンより生の苺の方が好みかと思います」

「苺シフォンより好み？　なぜそう思ったのだ？」

「……いえ、特にこれといった理由はないのですけど……」

誤魔化そうとするも、陛下に無言で答えを求められ諦める。

「陛下はシフォンケーキ自体は、あまりお好きではないかと思っていたのです。以前差し上げたシフォンケーキについては、あまり興味を抱かれていないようでしたので……」

「……生誕祭に捧げられたシフォンケーキ、私は美味しいと思ったぞ？　確かに美味しいと思ったのだが……」

グレンリード陛下の瞳が、どこか迷うように食卓の上の苺料理を見つめた。

「私は今まで料理について、さして関心を払ってこなかった人間だ。会食の場での作法や、各国各地域ごとの料理の特徴については頭に入れていたが、それだけだった。私にとって食事とは義務であり、社交の一環でしかなかったということだ」

淡々と口にする陛下。

……王族ともなると、様々な相手との会食の機会も多くなるものだ。

食に強い関心を抱き、自身の好き嫌いやこだわりを追求しだすと、面倒ごとも多くなっていく。

陛下はそんな事態を避けるため、食事はただの義務、生命維持のための行為と割り切っているのかもしれない。

「……だから、私にはわからなかったのだ。おまえ達の作った生誕祭のシフォンケーキを、美味しいと思ったのは本当だ。だが、ナタリー達の献上してきたシフォンケーキもどきと比べ、客観的にどちらの味が優れているかと言われると、食に疎い私には断言できなかったということだ」

「……もしやそのせいで、生誕祭のシフォンケーキへの礼状が、形式的なものになっていたのですか？」

「あぁ、そうだ。その点については謝罪しよう。盗作騒ぎがあった以上、おまえ達のケーキとナタリーのケーキについて、味の優劣を判じ感想を伝えなくてはと理解していたが、自分の感覚に自信が持てなかったのだ。……そのせいで、あのような当たり障りのない文言になり、誤解させてしまったかもしれないな」

……なるほど、そういう理由で、あの形式的な感想の礼状になっていたわけか。

献上したシフォンケーキ自体は、美味しいと思ってもらえたみたいでよかった。

「そのようにお考えだったのですね。……今日、生誕祭のシフォンケーキについて直接美味しいと仰っていただけましたので、私にはそのお言葉だけで十分です」

「おまえは、たったそれだけで満足なのか？」

問いかけに頷いた。

シフォンケーキを巡り、一騒動があったのは事実だ。

だがそもそも、シフォンケーキを献上しようと思ったのは、陛下に美味しいケーキを食べてもらいたかったのが理由の一つだった。

「美味しいの一言を、陛下から直接いただけたんです。満足いたしましたわ」

「……その一言だけでか？」

「はい。口にした一時、陛下に美味しさを感じていただけた。それだけで十分、厨房にこもった甲斐(かい)があると思います」

料理の好みは人それぞれ。

甘いものが好きな人もいれば、私の二番目のお兄様のように、辛いものが大好きな人もいる。

シフォンケーキはこの世界の人間には目新しい、馴染(なじ)みの薄い料理だ。

そんな中、陛下に美味しいと言ってもらえたのは、とても幸運なことだった。

「料理について、あまり難しく考えすぎる必要はないのだと思います。もちろん、陛下に供される料理には、様々な思惑が絡んでくるのでしょうが……。それはそれとして、美味しいものは美味しいと、そう言葉に出し伝えるだけで、作った人間にはこの上ない褒美になると思います」

「美味しいものは美味しい、か……」

私の言葉を舌の上で転がすように、陛下が小さく呟いた。

陛下は次いで、すいとこちらを見た。

その瞳に宿った感情は見抜けなかったけど、人を惹（ひ）きつける色をしている。

光の加減で青にも碧（みどり）にも見える美しい瞳に……なぜか私はぐー様を思い出した。

陛下はゆっくりと瞬（まばた）くと、息をふっと吐きだしたようだ。

「当然の事柄だが、改めて他人から告げられると新鮮だな」

「……もしや、お気に召されませんでしたか？」

「いや、ただ、おまえらしい言葉だと思ってな」

私らしい？

それはもしや遠回しに、私が食に貪欲であると言いたいのだろうか？

……まぁ事実、その通りなのだけど。

たいして親交もない陛下に見抜かれていたのは意外だ。

「陛下はどうして、私が食に強い興味を抱いているとおわかりになられたのですか？」

「……見ていればわかる」

そんなにわかりやすかっただろうか？

陛下に相対している時は、それなり以上に猫を被っていたつもりなのだけど……。

「そもそも、食に人一倍関心を寄せていなければ、苺を食材として認めてもらうために、今日この場に苺を持ち込むこともあり得ないはずだ。苺は、毒を持つ魔物の宝石と似ている。そんな苺を、王である私の前に差し出せば不興を買い罰せられるかもしれないと、おまえだって危惧しなかったわけではないだろう？」

「いいえ、そのような恐れは抱いておりませんでしたわ。こちらの事情を聞くことも無く、陛下が罰を与えるようなお方だとは思っておりませんもの」

冷ややかで近寄りがたい印象の陛下。

だが、生誕祭での振る舞いや、短時間だが過去の謁見の際の言動で、理不尽に権力を振りかざす方ではないと確信できていた。

「陛下ならきっと、苺について説明を申し上げれば、離宮での栽培を認めてくださると信じていました。実際にはそれに加え、美味しいというお褒めの言葉もいただけたんです。改めて、感謝の言葉を申し上げますわ」

陛下への信頼と感謝を表すため、微笑を浮かべた。

そんな私に、陛下は目を細めている。長い銀色のまつ毛が、瞳に影を落としていた。

「……美味しいという、たったそれだけの言葉で喜ぶとは、やはり変わり者の王妃だな。……事情があってのこととはいえ、おまえはこの国の政治情勢のせいで、離宮での暮らしを押し付けられているのだ。無聊を慰めるために、宝石や贅沢品を望むなら与えるつもりだったが……」

「いえ、ありがたいですが、そのような品はいただけません。……代わりにいくつか、欲しいものがあるのですが、申し上げてもよろしいでしょうか？」

「何だ？　言ってみろ？」

陛下に先を促される。

「ありがとうございます。望みはいくつかありまして、まずは一つ目。離宮の近くの森を切り開き、苺畑とグリフォンの小屋を作りたいと思っています。他にもいくつか、離宮の周りの土地を整備することがあるかもしれませんが、ご許可をいただけますか？」

「離宮の建物そのものに、著しく手を加えなければ問題ない。作る前に、私に話を通せば許可を出すし、大工や土いじりのできる者を回ることもできる」

「ありがとうございます。大工達への報酬ですが……」

「そこはこちらが持とう。おまえが気にする必要は無い」

「いえ、支払わせてください。こちらの品を、支払いに充てていただきたいと思います」

ドレスの隠しに手を入れる。

取り出された、豪奢な王城の一室に似つかわしくないその物体は。

「……スリッカーブラシ」

「あら陛下、ご存じだったんですね」

耳が早いことだ。

この『整錬』で作ったスリッカーブラシ、既にエドガー達狼番にいくつか提供していた。狼番は王家直下の役職。つまり陛下は、狼番達の一番上の上司だ。

スリッカーブラシを知っていても、おかしくはないのかもしれない。

「このブラシは、私が『整錬』の魔術で作った品物です。あいにくと、数日間ほどで壊れてしまいますが……」

本当は、一月以上壊れないブラシも作れるけど、それは秘密にしておく。数日壊れないだけでも、この世界の魔術では常識外れだからだ。

念のため、ブラシはわざと十日ほどでガタが来るように、強度を調節し『整錬』で作り出している。今のところまだ、地味チートはバレていないはずだった。

「このブラシは、狼や毛皮を持つ獣の手入れがしやすくなる有用な道具です」

「あぁ、知っている。それでとかされると気持ちがい……気持ちよさそうに狼達がしていると、狼番から話に聞いているからな」

陛下が頷いていた。

途中で少し言葉が途切れていたのは、ケーキの切れはしか何かが、喉に引っかかったのかもしれない。

「ご好評なようで何よりです。それでこのブラシですが、もし鍛冶師の手により複製が可能になれば、大きな利益を生み出すと思いませんか？」

「……つまり、このスリッカーブラシの権利を、私に献上しようというつもりか？」

「はい。私と狼番だけで使っていては、もったいないと思いましたので」

「もったいない、か……。この国は獣人が多く、獣人は自らに縁のある種の獣を飼っていることも多い。このブラシの複製生産に成功すれば、おまえの言うように大きな儲けが転がりこむはずだ。それこそ、離宮周りの整備のための人件費と引き換えにするには、もったいないほどの富が生み出されるに違いない。……人件費の対価としては、まるでつり合いが取れていないはずだ。おまえにはブラシを献上することで、何か他に望みがあるということか？」

「……お話が早くて助かります」

陛下、頭の回転が速いなぁ。スリッカーブラシの存在と価値を把握していたことといい、目ざとい方のようだった。

「私は『整錬』を用い、他にもいくつか道具を作ることができます。ですが、その事実が広まれば、不要な注目を浴びてしまうかもしれません。そんな事態を避けるために、陛下にお力添えをお願いしたいのです」

スリッカーブラシや泡立て器といった、様々な便利グッズを作れる『整錬』。だが本来は、一種類の物体を作るために、年単位の時間がかかる難易度の魔術だ。

いくつもの道具を、ぽんぽんと作る私の『整錬』は規格外。

この国は魔術に疎い人間が多いため、今はまだ大きくは騒がれていないけど……。

既に私は、シフォンケーキに関する一件で、この国の宮廷魔術師長・ボドレーさんにも興味を持たれていた。

私が目指すのは、離宮に引きこもってのスローライフ。

魔術師として名前が売れるのは、避けたいところだった。

「……わかった。宮廷魔術師や私の配下達には、おまえの『整錬』について、みだりに広めないように言っておこう」

「ありがとうございます。助かりますわ」

「そうか、だが……『整錬』について、全ての厄介ごとを跳ねのけられるかは怪しいはずだ。おまえが生誕祭の日に実演した『整錬』のおかげで、宮廷魔術師長のボドレーは酷く興奮していた。いずれおまえへと、接触を試みるに違いない」

「……そちらには、私で対応するつもりです」

既にボドレーさんからは、一度会ってお話ししたいとの申し出を受けていた。

ボドレーさんは今、王都から離れ出張しているようだが、帰って来次第、質問攻めにされる予感がする。

そちらの対策も考えつつ、どうにか目立たない方向で行きたいものだった。

「ボドレーについても、早めに準備しておくといい。……おまえは先ほど、望みはいくつかあると言っていたな？　他に何があるか、言ってみるといい」

「……ナタリー様の処遇について、陛下はどうなさるおつもりですか？」

「ナタリー、か。彼女自身にではなく、その大本、彼女の父親である公爵に罰を与えるつもりだ。具体的には、公爵領の港湾都市から上がる利益の一部を、今後数年国に直接納めさせる予定だが、おまえはどう思う？」

「妥当な罰だと思いますが……公爵様は受け入れるでしょうか？」

「あぁ、受け入れざるを得ないだろうな。盗作の実行犯はディアーズ達であり、背後には公爵家の思惑もあるのだろうが、ナタリーにも責任があるのは明白だ。ナタリーは今、妃候補失格の烙印を押され追放されても文句を言えない状況だ。それを避けられるなら、公爵としても本望のはずだからな」

……確かに、陛下の言う通りかもしれない。

王妃候補として王城に送り込んだ公爵令嬢が、罪人として送り返される。公爵家にとって、これ以上ない不名誉だし、ナタリー様が次期王妃となる可能性も潰えてしまうのだ。

不運なことに、現在のナタリー様の実家には、ナタリー様以外に王妃候補に相応しい娘がいなかった。ナタリー様が追放されてしまっては、公爵家は次期王妃争いから強制的に締め出されることになるのだ。

もちろん、ナタリー様だって今回の盗作の件での風評ダメージは根深いが、まだ次期王妃となる可能性はゼロではなかった。

それに陛下としても、ナタリー様を追い出すのは望んでいないはずだ。

ナタリー様がいなくなった場合、その欠落を埋めるように残る王妃候補達の力関係が激変し、争いに発展する可能性まである。

ナタリー様を王妃候補に留め置けば、そのような事態は避けられるはずだ。陛下からしたら、ナタリー様の実家に恩も売れるわけで、利の大きい選択だった。

公爵領に課す罰金などについて詳しく尋ね、渇いた喉を紅茶で潤す。

注がれた液体は、完全に温くなっている。

少し、長居しすぎかもしれない。

「陛下、本日はお忙しい中、お招きいただきありがとうございます。そろそろ次のご予定もあるでしょうし、お暇させていただきますね」

「……あぁ」

陛下は頷きつつも、どこか名残惜しそうだ。

ふいと視線がそらされる。

陛下の視線の先には、空になったシフォンケーキの皿があった。

「陛下、もしかして、今日お持ちした苺料理だけでは食べ足りませんでしたか？」

「……そうかもしれないな」

「ありがたいお言葉です。よろしければ、今度苺料理を作った際、こちらにも届けさせましょうか？」

「いや、それには及ばないが……。次に私を訪れる際、手土産に料理の一つも持ってきてくれないか？　このスリッカーブラシや、おまえの『整錬』について、色々と直接尋ねたいことがあるからな」

「……はい！」

声が弾みそうになる。

手土産として料理をご所望ということは、気に入ってもらえたようだ。

次は何を食べてもらおうか上機嫌に考えつつ、私は御前を退出したのだった。

◇　◇　◇

レティーシアが去った後。

残されたグレンリードの背後から、小さな笑い声が聞こえた。

「驚きました。陛下も存外、食い意地が張っておられたのですね」

愉快そうにしているのは、お茶会の間グレンリードの背後で控えていたメルヴィンだ。

細身の長身だが肩幅はあり、甘く整った顔立ちは年代を問わず女性からの受けがいい。

メルヴィンは緩やかにくくられた金の髪を揺らし、空色の瞳をからかうように細めていた。

「食いしん坊な陛下、私は悪くないと思いますよ？」

「馬鹿なことを言うな。目的は料理などではないと、おまえだってわかっているだろう？」

腹心の冗談に返答しつつも、グレンリードの中で甘酸っぱい味と香りが蘇る。

ふわふわとしたシフォンケーキから、ほんのりと香る苺の果実。

思い出すと今も、優しい甘さが口の中に広がるようだった。

「目的は料理『だけ』ではないの間違いじゃないですか？　料理を前にあのように表情を緩める

陛下は、なかなか見られるものではありませんよ」

「……美味しかったのは認める」

どこか憮然とした様子で、グレンリードは呟いた。

もう何年も、料理を美味しいと思ったことが無かったのは事実だ。

誰かと食事をする時は相手との会話や、周辺の状況に集中していて、料理には気を配っていなかった。

一人で食べる時も、毒が混入されていないか気にする程度だ。

料理自体に興味はなく、食事はただの栄養補給としか捉えていなかった。毎日三食食べるのも面倒で、その時間を少しでも、他事に回したいと思っていたのが本音だ。

日常の食事にはグレンリードの意向が反映され、国王としては信じられないほど簡素で、味は二の次になっている。安全性が高くすぐに食べられる料理がメインの、味気ないことこの上ない食卓だが、グレンリードに不満は無かった。

……故に、だからこそ。

レティーシアの捧げた料理を、美味しいと思ったのはグレンリード自身にも予想外だった。苺という食材、初めて口にしたのだが、好みにぴったりと合っていたのかもしれない。

「苺がたまたま、私の味覚に合う好物だった。それだけの話だ」

「……好きなのは本当に、苺だけでしょうか？」

「何か言ったか？」

「いえ、何も」

メルヴィンは柔らかく甘く、グレンリードからすると胡散臭さを感じる笑みを浮かべていた。

「それにしてもレティーシア様、やはり面白いお方ですね。陛下がご執着なさり、足しげく離宮にお通いになるのも納得です」

メルヴィンは楽しそうにしている。

グレンリードの長年の腹心である彼は時々、主をからかうことがあった。

「誤解を招くような言い方をするな。人の姿で頻繁に訪ねては支障が出るから、銀狼の姿でそれとなく監視しているだけだ」

「ですが陛下、スリッカーブラシは随分とお気に入りのようじゃないですか？」

「……あれは獣の本能によるものだ」

銀狼に化けている時も、グレンリードの意識や記憶が途切れることはない。

だが獣の姿に引っ張られるせいか、理性は弱まってしまっていた。その場その場の、快不快の感覚に流されやすくなるのだ。

グレンリードの場合、普段は私情を排し王として振る舞っているせいか、銀狼の姿の時は感情を抑制するのが難しかった。

知り合いの、獅子と人の二つの姿を持つ金髪の王太子にも同じ傾向があるようだ。獣の姿の時は、全てが人間の姿の時と同じとはいかないようだった。

「『整錬』の名手である点といい、生誕祭でディアーズ達を鮮やかにやり込めていた点といい、レティーシアは他の公爵令嬢と一線を画しているのは明確だ。お飾りとはいえ王妃として迎え入れた以上、その能力と動向を把握する義務があるからな」

「その点は同意いたします。今までは次期王妃候補達から注目を受けぬよう、陛下からは対外的に不干渉を貫いておられましたが、これからは陛下が人のお姿の時も、定期的な接触を持たれた方がよろしいかと思います」

グレンリードは無言で頷き、レティーシアの姿を思い浮かべた。

脳裏に蘇るのは、ブラシ片手に銀狼姿の自分に語り掛ける能天気な姿ではなくて――

『はい。私も、この甘酸っぱい香りが大好きです』

嬉しそうに小さくはにかんだ微笑みが、なぜか真っ先に思い浮かぶ。

銀狼に化け接触した時はいつも、レティーシアはにこにこと楽しそうに狼達と戯れていた。

……彼女の笑顔など、その時何度も目にした、見慣れたもののはずだったけれど。

人間の姿の自分の前で、零(こぼ)れ落ちるように咲いた笑顔に、つかの間惹きつけられたのが不思議だった。不思議で不可解で、だからこそレティーシアがこの場を辞そうとした時、少し名残惜しくなってしまったのだ。

そのせいで、うっかり苺料理のお代わりを要求したと誤解されてしまったわけだったが。

結果的に、今後も人の姿で接触し観察する機会が得られそうなので、問題ではないはずだった。

……グレンリードはそう自分を納得させると、次回のレティーシアと会う時間を見繕うため、メルヴィンに予定を確認させるのだった。

陛下に苺料理を献上し、美味しいとの言葉をいただいた翌々日。私は、ナタリー様のもとへと招かれることになった。

ナタリー様には昨日、正式に罰が下されている。

彼女本人への内容は、陛下の仰っていた通りとても軽微なものだ。

いくらかの罰金と、二か月ほどの華やかな活動の取りやめ。当然、自らの離宮に他人を招き派手にもてなすのは論外だが、今日の私への招待は例外だ。

シフォンケーキの盗作について正式に謝罪し、一度直接話がしたいらしかった。

苺料理の研究から一時離れ、離宮の外へと赴くことになったのだ。

「フォン、行ってくるわ。留守番よろしくお願いね？」

「きゅあっ‼」

任せてください！

と言わんばかりに、グリフォンのフォンが鳴き声を上げた。

私のことを主と認め、騎士として振る舞うかのようである。

そんなフォンがいるのは、離宮の前庭の一角に据えられた木箱の近くだ。

陛下が手配する大工に、専用の小屋を作ってもらうまでの仮住まい。

不自由させて申し訳ないなと思いつつ、首筋から肩へと撫で下ろす。

少し力を入れ、指の腹でかくようにして撫でてやる。フォンは気持ちよさそうに、翼をふるわせていた。鋭い猛禽の瞳が閉じられ、糸のようにうにーっと細くなっているのが愛らしかった。

「うらやま……いえ、主であるレティーシア様の前で、緩み切った表情を晒すなんて不敬ですね」

「ふふ、ルシアンったら。フォンは人間じゃないんだから、気にしないわよ」

「私が気にします。フォンはレティーシア様に忠誠を誓っている身です。ならば相応の振る舞いがあると、鳥頭に叩き込まなければいけませんね」

「鳥頭……」

確かに、フォンの頭部は猛禽型なんだけど……。

平民出身であるルシアンからは時折、下町時代の口の悪さが飛び出すことがある。が、それは、私やお兄様など、ごく親しい人間の前だけだった。人前では言葉使いも振る舞いも完璧で、上品なたたずまいを崩すことがなかったはずだ。

そんなルシアンも、人間ではないフォンの前では、つい気が緩んでしまうのかもしれない。言葉を持たず、代わりに柔らかな毛皮を持つ獣の前では、人間は普段隠している顔を見せてしまいがちだ。

私だって、狼達やぐー様の前では、とても他人には見せられない姿を晒している。

……もふもふの前で人は、普段の姿から変わるものなので仕方ない。

異世界だろうと変わらない事実を確認しつつ、フォンと別れ馬車へと乗り込んだ。

しばらく馬車に揺られ、ナタリー様の離宮近くへと到着。

呼ばれている時間まで、まだ十分余裕がある。

せっかく森の離宮から出てきたのだから、ついでに少し、ナタリー様の離宮の周りを見てみるつもりだ。

「花が咲き揃って、綺麗な庭園ね」

幾何学模様状に低木が配置され、よく手入れがされている。

美しい花壇を楽しみつつ歩いていると、かすかな鳴き声が聞こえてきた。

……猫だろうか？

猫を驚かせないよう静かに、声が聞こえてきた方角へと足を進める。

低木が多く植えられた、見通しの悪い庭の一角にたどり着く。

「……人の声？」

にゃぁにゃぁという猫の鳴き声に混じって、小さな人間の声が聞こえた気がした。

どんな人だろうと、低木の陰を覗き込んでみたところ――

「ねぇにゃんちゃん、私は今日、どんな風に振る舞えばいいか教えてくれにゃいですか？」

文字通り猫なで声で、茶トラ猫へと話しかける人間がいた。

私達の接近には、まだ気づいていないようだ。

「あぁもう、私は心配で心配で、どうすればいいかわからにゃいで……え？」

視線が合った。

言葉が止まった。

時間も凍ったようだった。

可愛らしい声と口調で、猫へと話しかけていた人物は。

いつものお人形さんのような様子とはかけ離れた、ナタリー様なのだった。

「……」

「……」

双方無言。

この世の終わりのような顔で、ナタリー様が固まっている。

……確かに私は、もふもふの前で人は変わると言ったけれど。

だからといってこれは、少し変わりすぎではないだろうか？

「なぁ～～～～～おぅっ」

気の抜けるような、猫の鳴き声が上がった。

茶トラ猫は、人間達の事情にはお構いなしだ。

前足を伸ばし、次に後ろ足を伸ばし体をほぐすと、木立の陰へ歩み去っていった。

「あ……」

緑へと消える茶色い尻尾に、残念そうに呟くナタリー様。

しかしすぐさま、私達の存在を思い出したようだ。

ぎぎぎ、っと。音が出そうなぎこちない動きで、こちらへと振り返った。

「私の独り言を、聞いてしまいましたか……？」

「……聞いてにゃいですよ？」

「ばっちり聞いてるじゃないですかっ‼」

顔を真っ赤にするナタリー様。

ぷるぷると小刻みに震えだし、耳たぶまで赤くなっていた。

……その気持ちはわかる。とてもよくわかるよ。

猫相手に、にゃんにゃんと話しかけていたのだ。

デレッデレに緩んだその姿を、通りすがりの他人に見られてしまったら？

……答えは今、目の前でナタリー様が実演していた。

猛烈に恥ずかしくなるよね、と。

わが身の事情は高い棚に放り上げ、深く同情してしまった。

「ナタリー様、落ち着いてください。冷静になって、少しお話を――」

「ナタリー様～～～？」

聞こえてきた女性の声に、ナタリー様がびくりと身をすくませる。

近づいてくる声の主は、侍女のお仕着せを着た女性だった。

「ナタリー様‼　こんなところにいらしたんですね‼」

「……心配をかけましたわ」

おおっ、すごいな。

ナタリー様、既にいつものお人形さんな表情を取り戻していた。

よく見ると少し頬が赤いけど、素早い見事な切り替えだ。

内心そっと、拍手を送っておくことにする。

「ナタリー様、早くご準備を……っ、レティーシア様？」

「ごきげんよう」

こちらの顔を見て固まった侍女へと挨拶し、ナタリー様に助け舟を出すことにした。

「さきほどナタリー様と出会ったので、一緒にお話ししながら歩かせてもらってたんです。……そうですよね、ナタリー様？」

「……ええ、その通りです。レティーシア様はとても優しくお話も上手で、楽しかったですわ」

ナタリー様も即座に話を合わせてくれる。

無表情ながら、どこかほっとした様子のナタリー様と共に、私は離宮へと向かったのだった。

◇　◇　◇

室内に入り、改めて形式的な挨拶をすると、ナタリー様は人払いを行った。

ナタリー様の侍女達は最初渋っていたけど、主であるナタリー様の命令だ。

私も、一時的にルシアンを下がらせることを受け入れたから、渋々納得してくれたようだった。

ルシアンと侍女達がすぐ外に控える部屋で、ナタリー様と二人っきりで相対する。

「レティーシア様、ありがとうございます‼　さきほどは助かりましたっ……‼」

深々と腰を折るナタリー様。

その姿勢は、最上級の感謝と敬意を表すものだ。

「顔を上げてください。ナタリー様のお気持ちは、よく伝わっておりますから」

「本当にありがとうございます‼　そしてお願いです‼　どうかどうか、先ほどの私の姿はご内密にっ……‼」

「心配しないで。誰かに、言いふらすつもりは微塵もありませんわ」

さっきのナタリー様、顔を真っ赤にして泣きだす寸前に見えたからなぁ。

そこに追い打ちをかけるのは、むごい。あまりにもむごすぎだった。

動物に独り言を呟く癖は私にもあるので、他人事とも思えないナタリー様の姿だ。

誓って口外しないと繰り返すと、ナタリー様も少し落ち着いたようだった。

「ありがとうございます！　……私は不安になった時や心細い時、つい猫や動物に話しかけてしまう悪癖があるんです。情けない話ですが、見逃していただけるとありがたいです」

「情けないなんて思いませんわ。人に見られ恥ずかしくなるのはわかりますが、そんなに卑下する必要もないと思います」

ナタリー様の言葉を否定しておく。

落ち込む彼女を励ますためであり、我が身の過去を振り返っての言葉でもある。

動物に話しかけるの、もふもふ好きなら身に覚えがある人が多い……はずだ。

私だってよく、ぐー様にあれこれと話しかけていた。ルシアンや家族以外には見せないような、気の抜けた表情も向けている。もし、その場面を陛下や知らない人に見られたら、心の中でのたうちまわる自信があった。

「そ、そうでしょうか……？　動物相手に弱音を吐くのはとても情けないことだと、周りの人間は口を揃え非難していました……」

力なく呟くナタリー様は、お人形姫様の仮面が剥がれ、十六歳の年相応の少女となっていた。

不安そうな様子も、彼女の故郷や生育環境を考えると当然かもしれない。

ナタリー様の出身地では、獣人への偏見が根深かった。

そのせいか、猫や犬といった小動物を可愛がる文化も無いらしい。

人間が至上であり、それ以外の存在は下等な存在という考え。

公爵令嬢であるナタリー様が動物に弱音を漏らすなど、周囲の人間が許すはずがなかった。

「確かに、ナタリー様の故郷では、動物と親密に接するのは歓迎されていなかったと思います。ですが世の中には、動物を大切に思い、心の一部を預ける人間もたくさんおります。私だって気分が落ち込んだ時、動物に寄り添ってもらった思い出はありますもの」

「レティーシア様が……？　本当ですか？」

「信じられない？　誰だって、他人には見せない表情の一つや二つあるものでしょう？」

「す、すみません‼　疑っているわけじゃないんです。ただレティーシア様は、いつもとてもごいましたから……」

立派でした。私と一歳しか違わず、異国から嫁いできた身なのに、堂々として優雅でいらっしゃ

憧れと尊敬の視線が突き刺さり、少し気まずかった。

……私が、異国であるこの地で落ち着いていられる理由。

前世の記憶と経験もあるが、一番大きいのはお兄様の教育だった。

一番上のお兄様の愛の鞭（むち）……もといスパルタ貴族教育がなかったとしたら、前世は根っからの小市民だった私が、異国に王妃として嫁ぐなんて絶対無理だったと断言できる。それくらい、一番上のお兄様はスパルタだった。今でもたまに、悪夢で見るくらいだ。

まぁ、おかげで。麗しい笑顔のお兄様から飛び出す、容赦ない駄目だしの嵐を経験してしまえば、たいていの貴族相手との社交は気負うことなく行うことができたのだ。

今はそのお兄様とも遠く離れているけれど、傍らには気心の知れたルシアンがいてくれる。

付き人がディアーズさんだったナタリー様よりきっと、色々な面で恵まれていた。

「ナタリー様だって、故郷から離れたこの王城で、気丈に振る舞われていたと思いますわ。生誕祭で、ディアーズさんが主導したシフォンケーキ盗作の罪を引き受けようとした姿は、十分ご立派だったと思いますもの」

「……ありがとうございます。でもあれは、そもそも私がディアーズを止められなかったせいで起こってしまったことですから……」

そう言ってナタリー様が、もう一度深く頭を下げる。

「レティーシア様、改めて謝罪させていただきますわ。先日は私がディアーズ達の進める盗作に気づけなかったせいで、多大なご迷惑をおかけしてしまい、申し訳ございませんでした。全て全て、私の不甲斐なさのせいで引き起こされてしまった事態ですわ」

「ナタリー様……」

「軽蔑なさるでしょう？　私が王妃候補に相応しくないことは、私自身が一番知っていますもの」

「……それは、どういう意味でしょうか？」

「言葉通りの意味です。さきほど、レティーシア様もご覧になったでしょう？　私は、猫や獣相手にしか本音を晒せない情けない人間です。昔から内気でどん臭く、両親からも叱責されてばかりの毎日でした。王妃候補として王城にあがるのも、本来は三つ年上で活発な姉の役割のはずだったんです……」

唇を噛むナタリー様。

彼女の姉は、病に臥せっているはずだ。治癒の見通しも、今だついていないと聞いていた。

「私の公爵家の血筋で、グレンリード陛下の王妃候補となりうるのは、私だけになってしまったのです。ですが私は、とてもそんな大役をこなせる人間ではありませんでした……。両親の期待を裏切らないためにも、私は臆病な本性を隠し無表情の仮面を被り、叔母であるディアーズに実権を預け、王妃候補としてたつことになったのです」

吐き出すように、自らが王妃候補となった経緯を語るナタリー様。

身内ではない私に対し、そんなに打ち明けて大丈夫だろうか、とは思うけど。

きっとナタリー様も、いっぱいいっぱいだったに違いない。

盗作の主犯であるディアーズさんの主であった以上、ナタリー様の評価は大きく下がってしまっている。王妃候補の地位をはく奪されることこそなかったが、次期王妃に選ばれる可能性はかなり低いはずだ。

ゼロではない可能性にすがるため、王城に留(とど)まり続けざるを得ないナタリー様。

生誕祭の場で潔く自らの非を認めた姿のおかげで、彼女本人に同情的な人間もいるが、これ幸いと悪意を吹き付けてくる輩(やから)も多かった。

ナタリー様にとって今の王城は、針のむしろそのものだ。

ある意味、一息に王城から追い出された方が、楽かもしれない厳しい状況だった。

……そんな環境で、猫相手に弱音を吐いているところを、私に見られてしまったのだ。

自分の一番もろい、情けなく思っていた部分を見られたせいで、やけになっている部分もあると思う。

溜(た)まりに溜まった不安が堰(せき)を切り、すがるように語りだしてしまったナタリー様。

この世界、女性は二十歳前後で結婚するのが当たり前とはいえ、ナタリー様はまだ十六歳。

日本なら高校生の少女が、王妃候補として祭り上げられてしまったのだ。

その細い肩にかかる重圧と責任を、一人で抱えきるのは難しい。

ナタリー様のご両親も、娘のことを気にかけてはいたらしい。

だが、母親は病床の姉に引きずられるようにして気を弱くし、健康を損ねてしまっていたのだ。

ナタリー様の付き添いとして王城にあがれる状態ではなく、それは公爵家当主として忙しい父親も同じだった。その結果付き添いとして選ばれたのが、ナタリー様の父親の妹であるディアーズさんだということだ。

「ディアーズは私の目付け役として、大きな権限を与えられていました。お父様にとっては引っ込み思案な私より、同じ母親から生まれた妹のディアーズの方が、ずっと頼もしく感じられたんだと思います」

「だからディアーズさん、ナタリー様を差し置いて、あんなにも偉そうだったんですね……」

「……その方が、私にとっても楽な流れだったんです。私は王妃候補として、王城の中に鎮座していればいいだけ。無駄口を叩かず人形のように過ごしていれば、ディアーズたちが全て上手くやってくれるだろうと思っていて……いえ、そう信じたかったんだと思います」

罪人となったディアーズさんについて語るナタリー様だが、表情に怒りや恨みの気配はなく悲しそうだった。

自分の足を引っ張ったも同然の相手とはいえ、ディアーズさんはナタリー様の叔母だ。

かつては二人の間にも、血縁らしい関係があったのかもしれず、遣る瀬(やせ)ないことだった。

「……信じて実権を預けた結果、きっとディアーズさんは増長してしまったんでしょうね。それに加え、ナタリー様を次期王妃の座に押し上げることに成功すれば、今以上に大きな権力が手に入ると、ディアーズさんが考えても不思議はありません。ナタリー様の存在を陛下に印象づけ、貴族達からの評価を上げるため、シフォンケーキの盗作に手を染めてしまったということでしょうね」

「……はい、きっと、そういうことなのだと思います。私が王妃候補として頼りないから、ディアーズも焦ったに違いありません。彼女が犯した罪は許されませんが、盗作に走らせてしまったのは私なんです……」

「だから、生誕祭のあの場で、ナタリー様が罰を被ろうとしたのですか？」

「……私には、それくらいしかできませんでしたから……」

情けないですね、と。

泣き出すように笑うナタリー様だったけど。

「情けなくなんかありません。ナタリー様は、自分の役割を果たしていますわ」

「え……？」

「人の上に立つ者の役目の一つは、配下の犯した罪を贖うことにあります。ですが実際に、罪を贖い罰を引き受けるべき場面で、自ら動ける人間は希少だと思います」

「……私は、そんな立派な人間ではありません。情けなくて怖くてどうしようもなくて、ああする他なかったというだけです」

「怖くて当たり前だと思います。でも心の中でどれほど怯えようとも、あの日ナタリー様は声を上げられました。ならばきっと、それだけで十分なはずなんです」

ナタリー様は、自分のことを内気だ臆病だと卑下しきってしまっているけれど。

あの生誕祭の場で、自ら動くことができたのだから、ただ流されるだけの弱い人間ではないはずだ。

「ナタリー様は今だって、王妃候補の重圧から逃げ出すことも無くここにいらっしゃるんです。王妃候補として、未熟な点や至らない点があったのは事実だとしても、少しずつ成長していくことはできますわ」

「レティーシア様……」

震えを帯びたナタリー様の瞳が、じっと私を見つめた。

「よろしければ、私の離宮に一度いらっしゃいませんか？　ナタリー様からお譲りいただいたグリフォンがいますし、狼や猫を眺めながら、お茶でも一緒にいかがでしょうか？」

「……いいのですか？　私はレティーシア様達に迷惑をおかけしましたし、派手に動くことは禁じられている身なのですが……」

「派手でなければよろしいのでしょう？　幸い、お譲りいただいたグリフォンの世話について相談したいと、それらしい口実はありますもの」

こちらからグリフォンの相談を持ち掛け、ナタリー様の助力を仰ぐという形なら、体裁は整うはずだった。

ナタリー様と私は出身地も属する家も違う以上、腹を割って語り合うのは難しい。

だが、同じもふもふ好きとして、二人で会話を楽しむことくらいはできるはず。

そうすることで、少しでもナタリー様の気が楽になったらいいと思う。

「ありがとうございます、レティーシア様。是非一度、うかがいたいと思います」

ナタリー様が笑った。

頼りない、でも前を向こうとしている表情だ。

ナタリー様と私、二人でお茶菓子を囲み、もふもふについて語り合う。

そんな取り留めのない時間を過ごす約束を、その日私はナタリー様と交わしたのだった。

◇　◇　◇

「ナタリー様、色々お辛（つら）かったんだろうな……」

その日の夜、私は寝台に横たわり呟いていた。

明かりの落とされた部屋の中にいるのは、私と庭師猫のいっちゃんだけ。

ぬくぬくと、ピンクの毛布の上で丸まるいっちゃんへ、半ば独り言のように話しかける。

「王妃候補に選ばれるのは名誉でも、まだ十六歳なんだものね」

前世の『わたし』が十六歳の時は、まだバイトすらしていなかった。

それなりに悩みはあったけど、そんな時は柴犬のジローに愚痴を聞いてもらっていた。

「ん……？」

小さな引っ掛かりがある。

何だろう？

『わたし』はあの頃、ごく普通の、学生生活を送っていたはずで――

「違う……」

ふいに思い当たる。

名前だ。

お母さんとお父さんの名前は覚えている。愛犬の、ジローの名前を忘れたことはない。親友の名前や、小学校の時の先生の名前だって思い出せるけど――

「『わたし』の名前は何……？」

ぞっとした。

まるで背筋に、氷の塊を押し当てられたようだ。

前世の『わたし』の名前を思い出せないことに。

そして、今の今までその事実に気づけなかったことに、私は悪寒を抑えられなかった。

まるでそこだけ、虫にでも食われてしまったかのようで。

苗字も名前も、全く思い出すことができなかった。

「なにこれ……？」

『わたし』はジローとの散歩中にひかれ、気づいたらこの世界に生まれ変わっていた。

神様や、それっぽい存在に会った記憶は無いし、特別な使命やらなんやらを授けられた覚えも無い。

「けど、名前が思い出せないのはきっと……」

転生の影響としか考えられなかった。

怖い。

今まで何度も、前世の記憶を振り返っていたのに。『わたし』の名前が思い出せないことに、今まで気づかなかったことがおかしかった。

一度気づいてしまえば、不自然という他ない状態だ。

『私』は『わたし』の名前を、手がかりを求め頭の中をひっくり返した。

思い出す。思い出す。思い出せ。

名前は何文字で、あだ名は何だった？

小中高と、『わたし』にはあだ名で呼ばれていた記憶があるはずだ。

思い出せ思い出せ思い出せ――


――カピバラ。


「はい？」

脳内に浮かんだ単語に、その場違いさに、思わず固まってしまった。

……するとと思い出す、小学校低学年の時の記憶がある。

『〇〇ってさ、のんびりまったりしてて、カピバラみたいだよね』

『こう、普段はぼーっとしてるけど、やる時はやる素早く動けるカピバラってやつ？』

『わたし』のことを『カピ子』と呼ぶ、級友の姿を思い出した。

カピバラに似ているからカピ子。

やる時はやる素早く動けるカピバラ……。

「ぷっ、なによそれ……」

あまりに間抜けな響きに、唇から苦笑が零れ落ちた。

前世の私、『カピ子』かぁ。

そう思い出した途端、肩の力が抜けるのがわかった。

「にゃにゃ？」

ぺたり、と。

頬にいっちゃんの肉球があたった。

様子のおかしい私を、心配してくれたようだ。

「ありがとう、いっちゃん。もう大丈夫よ」

やわらかないっちゃんの体を撫でると、気持ちが落ち着いていく。

「……今の私は、レティーシア・グラムウェルよ」

なぜ、地球ではない異世界に転生したのか。

理由はわからないけど、十七年間、こちらで生きてきた記憶は確かにある。

前世の本名や、本名につながるあだ名を思い出せない以上、悩んでも仕方ないと思えた。

「だって、カピバラだものね……」

前世はカピ子というあだ名をつけられるほどの、マイペースで平凡な小市民だったのだ。

公爵令嬢に生まれ変わり、王妃となっても、根っこの部分は変わらない気がする。

いつまでも悩むより、よく眠りよく食べ、毎日の生活を楽しむのが優先だ。

「……いっちゃん、お休み」

「にゃっ」

いっちゃんを抱っこし、毛布の上へと置いてやる。

くるりと丸まったいっちゃんを見ながら、私も寝台へと横たわる。

布団をかぶり、瞼(まぶた)を閉じる。

いつもより少し時間はかかったけど、やがて、私は眠りへと落ちていったのだった。

◇　◇　◇

「夢のカピバラ大サーカス……」

「お嬢様、どうなさったのですか？」

ルシアンの声に、はっと私は我に返った。

手には、苺ジャムの塗られたパンがある。朝ごはんの途中だった。

「……少し、昨晩見た夢を思い出したの」

眠りに落ちる前、羊の代わりににカピバラを数えたせいか、カピバラまみれの夢を見た。

そのせいで、ついぼーっと呟いてしまったようだ。

「かぴばら、というのは聞き慣れませんが、料理の名前か何かでしょうか？」

「……違うわ。昔読んだ本に出てきた、茶色い毛皮の架空の動物よ」

この世界、犬猫や馬、それに牛や豚はいるけど、カピバラはいないようだった。

あの、のっそりとした動きを見られないのは残念だ。だからこそせめて夢の中でも、と。カピバラ大サーカスが繰り広げられていたのかもしれない。

そんな取り留めのないことを考えつつ朝食を終えると、離宮の前庭へと出た。

「フォンの小屋を作るのは、あのあたりかしら……」

エドガーの連れてくる狼達を待ちながら、のんびりと前庭を散策する。

離宮の玄関前には、噴水を中心とした前庭が設けられている。

ナタリー様の離宮の庭園と比べると小規模だけど、よく手入れされ整えられており、花壇の花が愛らしかった。

フォンの小屋は、前庭の脇の木立がある場所を切り開いて作るつもりだ。

離宮から見て、斜め前にあたる場所である。

「それと、森の中の苺畑を柵で囲って整備してもらって……」

離宮のやや後方横の森、いっちゃんの通う苺畑のある方角を見て計画を練る。

今回私は陛下から、離宮の周りに手を加える許可を得ていた。

多くの費用がかかる工事はせず、離宮そのものに手を加えないのであれば、ある程度自由にしていいらしい。

フォンの小屋に苺畑の整備、それにもういくつか、作ってみたいものがある。

離宮周辺の改造計画について考えていると、木立ががさごそと動いた。

お待ちかねのもふもふタイム。狼のご来訪のようだった。

「わふぅ?」

「……狼じゃない?」

円らな黒い瞳と目が合った。

木立から飛び出してきたのは白い毛玉……ではなくて。

もふもふとした長い毛並の、真っ白な立ち耳の犬だった。

笑っているような優しい顔立ちは、前世のサモエド犬に似ている気がする。

「初めまして、よね……?」

「わんっ!」

返事をするように、ゆるい巻尾がゆらゆらと左右に振られた。

人懐っこい犬だけど、なぜここに?

疑問符を浮かべていると、犬を追うようにエドガーが現れた。

「こんにちは、レティーシア様。サナと会うのは、初めてでしたよね?」

「この子、サナというのね。エドガーの伴獣かしら?」

「ええ、そうです。かわいいやつでしょう?」

誇らしげに、エドガーがサナの頭を撫でていた。

伴獣というのは、獣人が自分の分身のように愛情を注いでいる動物だ。

特に、エドガーのような犬牙族(けんが)の獣人は、深い愛情をもって伴獣を躾(しつ)けると聞いていた。

……ちなみに。

獣人には、いくつもの種族が存在している。

エドガーや使用人長のボーガンさんは犬牙族、クロナは山猫族の出身だ。

他にも雪狐(ゆきぎつね)族や、希少な鳥翼(ちょうよく)族もこの国には住んでいるらしかった。

人間側からは、獣人として一まとめにされることも多いけど、種族が異なれば文化も歴史も大きく異なっていると聞いている。

例えばそれは、伴獣の選び方や接し方にも表れているらしい。

犬牙族は自らの伴獣に犬を選び、きっちり躾け上下関係を築くのが習慣。

反対に、山猫族は伴獣である猫に対して自由にさせる方針が主流だ。

そんな違いのせいか、犬牙族の獣人は真面目、山猫族は自分勝手と言われることが多いらしい。

ただしそれは、あくまでそういった傾向があるといった程度の話で、個人主義者の犬牙族もいれば、忠義に篤(あつ)い山猫族も当たり前に存在しているようだった。

こう、地球で言うなら、日本人は神経質、アメリカ人はオーバーアクションとか、そんな感じ?

前世日本人の私が、几帳面とはとても言えない性格だったあたり、結局は国籍や種族の違いより個人の資質の影響の方が遥かに大きいようだった。

「サナを撫でても大丈夫かしら？」

「はい！　サナも喜ぶと思います」

飼い主の許可が下りたので、サナの頭を撫でてやる。

綿菓子のような白い毛皮に、掌のほとんどが埋まってゆく。

ふわふわの感触に目を細めると、真似するようにサナも糸目になっているようだった。

ほのぼのとしていると、ふいに頭上から風が吹く。日差しが暗く翳った。

「フォン！」

「ぎゅあぁっ‼」

私のすぐ傍らに、ふわりとフォンが舞い降りる。

フォンの猛禽の瞳は、じっとサナへと向けられている。

初めて見るサナの姿に、警戒心と好奇心が刺激されたようだ。

私を守るように、一歩前に出るフォン。

大きなその体に驚きながらも、サナは逃げ出さずこちらとエドガーの様子をうかがっていた。

「フォン、警戒しなくても大丈夫よ。エドガー達は、この離宮の大切なお客様よ」

落ち着かせるように、フォンの首筋を撫でてやる。

フォンはしばらく撫でられるままだったが、エドガー達が敵ではないと理解したらしい。

一度私に嘴をすり寄せると、風を起こし羽ばたき、定位置の木箱へと帰っていった。

「グリフォン、間近で見るとすごいですね……！」

エドガーが興奮気味に呟いた。

フォンの鋭い瞳で睨(にら)みつけられていたが、恐怖は覚えていないようだ。

私と初対面時は盛大にビビっていた彼だが、フォンに対しては大丈夫なようだった。

「貴重な機会を下さり、どうもありがとうございます」

「こちらこそ、サナを撫でさせてくれて嬉しいわ。……今日は、狼達はいないのかしら？」

「はい。今日は、別の狼番が散歩の当番で、もう少し後にこちらに参る予定です」

「じゃあエドガーは、なぜここにサナと？」

「サナに指示を出し、離宮までの道筋を覚えさせるためです。今までサナは、狼番の詰め所にいましたが、そろそろ行動範囲を広げることにしたんです。ゆくゆくはサナにも、狼番の仕事を手伝ってもらうつもりですからね」

「まぁ、そうだったの。牧羊犬ならぬ、狼を導く犬とはすごいわね！」

感心してサナを見る。

サモエドに似たサナは、結構な大型犬だ。

よく躾けられ訓練されているようだし、狼相手にも引けを取らないようだった。

「はい！　そうなんです！　サナは僕にはもったいないくらい、とても優秀な伴獣なんですよ‼」

ぱあっと顔を輝かせ、犬馬鹿を発揮するエドガー。

ぶんぶんと振られる尻尾が、彼の嬉しさを伝えているようだった。サナもエドガーの真似をするように、ふわふわの尻尾を左右へと動かしている。ダブルで可愛かった。

「僕が狼番になれたのも、サナがいてくれたからなんです」

「狼番の選考基準に、伴獣の性格や能力も入っているということ？」

行儀よくお座りしているサナを見つめる。

狼番は、王家から狼達の世話を任されている立場だ。

栄えある役職であり、それなり以上に競争率が高いと聞いている。

「はい、そうです。狼番の構成員は、モールさんのように代々狼番を担当してきた家の出身者と、外部からの採用者が半々ぐらいになっています。僕は後者で、サナと共に採用試験を受け、合格させていただいたんです」

「エドガー、すごいのね。その若さで、しかも平民での合格者って、かなり珍しいはずでしょう？」

「あ、ありがとうございます‼　僕にはもったいないお言葉です……‼」

褒められ慣れていないのか、エドガーが顔を赤くしている。

声は小さかったが、代わりに尻尾が勢いよく振られていた。

「僕が狼番になれたのも、こうしてレティーシア様にお会いできたのも、全部サナのおかげなんです。四本の足で駆ける狼達に、人間や獣人では追いつけない時があります。そんな時、僕らの手足として狼を導くのが、サナのような伴獣の役目なんです」

「なるほど。獣人が狼番を志望した場合は、伴獣の存在が重要視されるのね」

「その通りです。僕はサナに頭が上がりませんね」

くしゃくしゃっと、サナの頭を撫でるエドガー。

どこまでも謙虚な物言いだ。

「サナの資質を引き出した、エドガーも十分すごいと思いますわよ？　どれほど賢い犬だって、飼い主が根気よく導かなければ、才能が花開かないはずですもの」

前世で飼っていた柴犬、ジローのことを思い出す。

白と茶の二色の毛並みに、艶々に濡(ぬ)れた鼻先。

ジローは待てとちょっとした芸ができるくらいだったけど、躾(しつけ)には苦労したのを覚えている。

サナのように、狼を導けるよう訓練するのは、気の遠くなる道のりに違いない。

犬を愛する人間として、エドガーは尊敬の対象だった。

「エドガーはサナと一緒に、何年も狼番を目指してきたのよね？」

「狼番になるのは、僕の子供の頃からの夢でしたからね」

「立派ね。ちなみにどんな理由で、狼番を目指したいと思ったのか、聞いても大丈夫かしら？」

「……碧の瞳の狼のおかげです」

「え、ぐー様？」

狼の瞳は茶系統。碧の瞳の持ち主は、ぐー様くらいのものだ。

なぜぐー様がここで？

疑問符を浮かべていると、エドガーが慌てて口を開いた。

「す、すみません‼　言葉が足りませんでした‼　正しくは、ぐー様にそっくりな狼に、昔助けられたからなんです」

「ぐー様にそっくりの狼？」

「銀の美しい毛皮と、狼には珍しい碧の瞳の持ち主でした。顔立ちはもう記憶が曖昧なんですが……ぐー様に似ていたような気がします。子犬だったサナと王都近くの森で迷っていたところで、その狼と出会ったんですよ」

王都近郊の森は危険な獣もおらず、比較的安全だと聞いている。

だが、子供だったエドガーにとっては、森はどこまでも続くかのようで恐ろしい場所だ。

心細さに尻尾がしおれ、サナと共に途方に暮れ泣き出す寸前だった時に、ぐー様のそっくりさんが現れた、らしい。

「びっくりしましたよ。僕はここで、狼に食べられて死んじゃうんだって恐ろしくなって、でも、その狼は決して僕を襲ってこなかったんです。それどころか、僕を先導するよう歩き出して、ついていったら森の外へと出られたんですよ」

「それは、色々と衝撃的な体験ね」

この離宮にくる狼達は、人なれした大型犬のようだから忘れてしまうけど。

基本的にこの世界でも、狼は人となれ合わない野生の獣だ。

そんな狼が、非力な子供を助けるとは、なかなかに珍しい話だった。

「小さかった僕も、とても驚いたのを覚えてます。しかもその狼、よく見ると瞳が碧だったんで、更にびっくりしました。まるで、伝説に謳われるヴォルフヴァルト王家の祖である銀狼が助けてくれたみたいで感動して、それ以来僕は、狼という存在に惹きつけられているんです」

「だから、狼番を志したのね」

「……笑いますか？」

「まさか。子供の頃の憧れを追い続けるのは、簡単にできることじゃないと思うもの」

笑うなんてとんでもないと言うと、エドガーはほっとしたようだった。

「狼に助けられたのも、その狼の瞳が碧色だったのも、全部僕の思い込み。森で転寝した時の夢か何かだろうって、そう馬鹿にされることも多かったんです。僕だって、他人から同じ話を聞いたら、作り話かと疑ってしまいますからね……」

「でもエドガーは、幻だったなんて思っていないのでしょう？　ならきっと、それで十分よ。他人になんと言われようと、憧れを抱き続け狼番になれたのは、エドガーの努力のおかげなんだもの」

「ありがとうございます……」

顔を隠すようにしながらも、エドガーの尻尾はぴょこぴょこと左右に揺れていた。

「僕は本当に、恵まれていると思います。まだあの狼には再会できてませんが、狼番の先輩達は厳しくも優しいですし、狼達も懐いてくれ、こうしてレティーシア様とお話しでき、あの日の銀狼にそっくりのぐー様に出会うこともできました」

「ぐー様……」

ぐー様はメルヴィンさんから、三歳の若い狼だと聞かされている。

子供の頃のエドガーを助けた狼とは年齢が合わないから、別個体のはずだが、狼には希少な碧の瞳は共通しているから、どこかで血が繋(つな)がり、関わりがあるのかもしれなかった。

「いつかエドガーを助けてくれた狼と、また逢えるといいわね」

森の中で助けてくれた狼と、大人になって再会するなんて、まるでおとぎ話のようで素敵だ。

どこにいるのか、今も生きているのかさえわからない狼を思い、私は空を見上げたのだった。

◇◇◇

そんなロマンチックな空想に浸るレティーシアの知らないところで――

「っくしっ‼」

――小さくくしゃみをした、グレンリード陛下の姿があったようだった。

◇◇◇

エドガーの思い出話を聞いた私は、サナにほのぼのとしつつ、ナタリー様とのお茶会の予定を相談してみることにした。

「今度、ナタリー様をこの離宮にお招きして、二人でお茶会をしたいと思うの。テーブルを前庭に広げて、狼達を眺めながらお茶を飲みたいんだけど、大丈夫かしら？」

「な、ナタリー様と？」

エドガーの尻尾が力を失い、犬耳がぺたりと伏せられる。

ナタリー様の実家は、獣人への当たりがキツイので有名だ。エドガーとしては、歓迎できないようだった。

「ナタリー様ご自身は獣人に悪感情はないし、犬や狼も好きだと仰っていたけど、難しいかしら？」

「も、問題ありません‼　ただ、その……僕がその場にいては、見苦しい姿を晒してしまうかもしれません……」

顔をうつむけるエドガー。

ここのところ私とは普通に話せていたけど、初対面時の彼はそれはもう動揺し不審な様子だった。

馴染みのない相手――特に人間が、エドガーは苦手なのかもしれない。

獣人と人間の確執を思えば自然なことだ。

むしろこの短期間で、人間である私に心を開いてくれたのが珍しいことかもしれない。

スリッカーブラシの功績は偉大だった。

「できれば、僕以外の狼番が狼の散歩を担当する日に、お茶会の予定を組んでもらえませんか？」

「ええ、わかったわ。もし当日、狼達の体調が悪かったりしたら、無理に散歩させなくても大丈夫だから、狼番の皆さんと狼達に無理のない範囲で、協力をお願いしてもらえるかしら？」

「もちろんです！　狼を愛でてもらえるなら、僕達狼番も世話のしがいがありますからね」

「ありがとう。ナタリー様は動物に慣れていないから、まず距離をとって狼を眺めさせてもらう予定よ」

ナタリー様、もふもふした生き物は好きだと言っていたけど、触れ合った経験は乏しいようだ。ペットを飼った経験は無く、馬以外に動物に触れた経験もないと聞いていた。

一昨日、茶トラ猫に話しかけていたのも、実はかなり珍しいことらしい。私との対面が近づき、固くなっていたところで、庭を横切る茶トラ猫の姿を偶然目にしたようだ。

高まる緊張に耐えかね、侍女達の目を盗んでもふもふ成分を補給しにいったナタリー様。

茶トラ猫に近寄り、でも近づきすぎては逃げられてしまうかと思い、触ることはできなかったらしい。撫でる代わりに、人間相手には零せない弱音を吐き出していたところだったのだ。

そんなナタリー様を、いきなり狼に触れさせるのはためらわれた。

狼達はよく躾けられているけど、鋭い爪と牙の持ち主で、大型犬並みに大きい体だ。

もふもふ好きのナタリー様も、狼と対面したら怖がるかもしれないし、狼は人の感情に敏感だ。

万が一の事態を避けるためにも、ナタリー様が狼に触れるのは様子を見てからの方がいい。

まずは小柄で大人しい、撫でやすい動物から慣れてもらうつもりだ。

撫でさせてもらう動物の候補を考えつつ、やってきた狼をもふった後、私はエドガー達と別れ、離宮の中へと戻った。

出迎えてくれた執事のボーガンさんに、一つ提案をしてみることにする。

「この離宮に、私達の伴獣を連れてこないか、ですか？」

「はい。獣人の方が住み込みで仕事をする際は、自らの伴獣と共に住まうことがあると聞いています」

この離宮に住み込みで働く獣人は十三名。

彼らには定期的に丸一日休みを与え、家で待つ伴獣の元へと帰らせている。

いわば、もふもふ休暇のようなものだった。

伴獣の性格にもよるが、多くの伴獣は、主である獣人の近くで過ごすことを望んでいる。

獣人の多い住み込みの職場では、伴獣の同伴が認められていることも多いと聞いていた。

この離宮の場合は私が人間で、しかも異国の出身ということで、獣人達も伴獣を連れてくることは控えていたようである。

「伴獣の中には、見知らぬ場所に拒絶感の大きい子もいると聞いています。なので無理強いはしませんが、伴獣と主である獣人の方が望むなら、この離宮に連れてきてもらっても大丈夫です」

むしろ私としては、ぜひ連れてきて欲しいというのが本音だ。

主の近くにいた方が伴獣は安心することが多いだろうし、私も色んなもふもふを見られて眼福。

特に犬牙族の伴獣は、立ち耳に垂れ耳、茶色にグレーに白、大型犬に小型犬、甘えん坊に勇敢と、様々な種類や性格がいるようで、とても楽しみだった。

「ありがたいお言葉です、レティーシア様。他の獣人達も、きっと喜ぶかと思います」

「良かったわ。ただ、一つ頼みたいことがあるのだけど、いいかしら？」

「何でしょうか？」

「今度、ナタリー様がお茶会にいらっしゃった時、人見知りしない伴獣を撫でさせて欲しいのだけど、可能かしら？」

「えぇ、大丈夫です。私の伴獣でよろしければ、レティーシア様達に撫でてもらえたら光栄です」

「ありがとうございます。ではさっそく、次のボーガンさんの休暇にでも伴獣を家から連れてきて、離宮に慣れさせてもらえますか？」

「わかりました。私の仕事中は、どこに伴獣を控えさせておきましょうか？」

「離宮の裏手に犬舎を作るつもりよ。それに運動場も、できたら作りたいと思っているの」

イメージとしては、日本にあるドッグランだ。

伴獣達には、のびのびと過ごしてもらいたい。

このためにも私は、陛下から離宮周辺の改造許可をいただいていた。

「運動場を？　そこまでしていただくのは、さすがに申し訳ないかと思います……」

「気にしないで。私がやりたくてやることだもの。ただ、作る以上は、伴獣の主であるボーガンさん達にも、どんな運動場を作ったら伴獣が喜ぶか教えて欲しいんです」

「私どもの声を汲んでいただけるのは嬉しいのですが……伴獣には大型のものもいます。そういった個体が利用できる運動場となると、結構な広さが必要で、森を切り拓かねばなりません。工期や費用も、かなり嵩んでしまうのではないでしょうか？」

「大丈夫よ。木こり役は、私がこなすつもりだもの」

「レティーシア様が？」

「私には魔術があります。魔術の勘を鈍らせないためにも、離宮周辺の改造計画に活用しておきたいんです」

　使わない道具は錆びるもの。

　近頃はもっぱら、『整錬』の呪文しか唱えていなかったが、魔術の活用方法については色々と考察していた。

　せっかく潤沢な魔力があるのだから、もふもふ関連で出し惜しみはしないつもりなのである。

◇　◇　◇

「離宮の裏手の森を切り拓きたい、ってことですかね？」

「はい。試しに私が魔術で木を切り倒すので、見守っていてもらえませんか？」

　ドッグラン計画をボーガンさんに相談した五日後。

　離宮にやってきたのは、白髪混じりの茶髪を短く刈り込んだ大工のカーターさんだった。

がっちりとした体形で、気風のいいおじさんといった印象のカーターさん。

本格的な工事に着手する前に、大工のトップであるカーターさんと、現場を視察していたのだった。

「今日のところは、あのあたりの木を二十本ほど処理したいと思います」

まずはお試しだ。

私は最初、ドッグラン用の土地に生えている木を、全て魔術で燃やしつくそうかと考えていた。

炎を操る魔術は私の得意技。

灰になるまで燃やしてしまえば、後始末も簡単なのでは、と思っていたのだけど。

——王城の一角で轟々と燃え上がる炎。天へ立ち上る煙の柱。

……クーデターか何かかな？

ちょっと絵面がマズイよね、ということで自主却下。陛下から離宮改造の許可をもらっているとはいえ、派手に炎の魔術を使うと遠くからも丸見えだ。

誤解を招きまくる状況を避けるため、炎の魔術は封印し、別の魔術で代用していく。

準備のために、離宮の前庭の方を向いた。

「フォン！　来て！」

「きゅあぁっ‼」

鋭い鳴き声が響いた。

瞬く間に羽音が大きくなり、フォンが私の前に舞い降りる。

「いい子いい子。来てくれてありがとう。ちょっと一緒に、森をお散歩しましょうか？」

「きゅあっ‼」

喜んでお伴します‼

とばかりにフォンが首を上下させた。

頭部の飾り羽がぴょこぴょこと揺れている。

フォンに驚くカーターさんに目配せし、フォンとともに森の中へと踏み込む。

比較的拓けた場所を選び、フォンの背中に手を乗せつつ歩いていく。

滑らかな体毛と、その奥の力強い筋肉のうねりを感じていると進行方向の茂みが揺れ、小さな影が飛び出した。

「あ、リス」

かわいいな。

茶色の尻尾を揺らし、リスがこちらから遠ざかっていく。

リスが逃げ出したのは、フォンが近づいて来たからだった。

フォンは猛禽の上半身と獅子の下半身を持つグリフォンで、地上と空を駆ける幻獣だ。

並の動物では束になっても敵わない絶対強者の訪れ。

外敵の存在に敏感なリス達は、慌てて逃げ出したようである。

離宮にほど近いこの場所にやってくるリス達は人に慣れ、私が近づいても少し距離を取るだけだった。

くりくりとした黒い瞳を見ていると和むけど、このまま魔術を使えばリス達も巻き添えだ。

そこでフォンの力を借り、リス達を遠ざけてもらうことにする。

この辺りは離宮に近すぎてリスも巣を作っていないらしいから、一時的に遠くへ行ってもらうことにした。

念のため、リスや小動物が隠れていそうな茂みも丹念に確認し、入念に獣払いを行った。

協力してくれたフォンを撫で、少し森から遠ざかる。

心なしか静かになった木々へと、詠唱と共に魔術を放っていく。

「――――風刃（ふうじん）！」

駆け抜ける不可視の無形の刃（やいば）。

鋭いカマイタチが発生し、水平に木立へと飛んでいく。

「一体何が……？」

カーターさんが首を捻（ひね）っている。

「今、何をなさったんですか？　あいにくと私は、魔術には疎いものでし――――ええっ!?」


ずずぅん!!


豪快に地響きを轟（とどろ）かせながら、木々が倒れ転がっていく。

幹の切断面は滑らかで、綺麗に真っ二つにされていた。

「一、二、三……十八、十九、二十！　ちょうどピッタリね‼」

「お嬢様、お見事です」

やった‼　成功だ。

ルシアンの誉め言葉が心地いい。

強すぎず弱すぎず。

カマイタチの強度を調整することで、きっかり二十本の木の伐採に成功だ。

爽快だね！

『整錬』で便利グッズを作るのも楽しいけど、たまには大規模に魔術を使ってみるのも新鮮だ。

一気に広がった視界に、自己満足を覚えていたところ、

「見事な早業ですね。おみそれいたしました」

カーターさんが呆気に取られつつも、切り倒された木の断面を観察していた。

「熟練の大工や木こりであっても、こうも綺麗に切るのは難しいですよ」

「切った木材、そちらで処理していただくことは可能ですか？」

「もちろんです。若い力自慢の者を集めて、順番に運び出させていただきます」

「ありがとうございます。木材として使用できるのは、切断された上の部分で、根っこのつながっている下の部分はいりませんよね？」

「はい。そちらに木材としての価値はありゃしませんが、まとめて処分させていただくつもりです」

「わかりました。それじゃぁ、処理しやすいようにしておきますね」

「処理しやすいように？」

「見ていてください」

斜め前方に、おあつらえ向きの場所があった。

切断された木が衝撃で遠くに倒れたようで、切り株の近くには細い枝葉が落ちているだけだ。

「――――風刃！」

風の刃が巻き起こり、私の意のままに飛んでいく。

水平ではなく垂直に、地面へと吸い込まれるカマイタチ。

連続して魔術を行使し、地中に埋まる根っこをさいの目状に切り刻んでいった。

「こんなものでしょうか？　残された幹や根が刻まれて、大分運搬がしやすくなったと思います」

「……まるで、厨房で食材を刻んでいるようでしたね……」

やや引き気味の、カーターさんの言葉は正解だ。

地面に食い込む根っこを、いちいち掘り起こすのは面倒だ。

楽をするため、ジルバートさんが食材をさいの目切りしていたように、根っこを刻んでみたのである。

「いやはや本当、レティーシア様はお強いですなぁ。これだけ魔術を使えるなら騎士団だってけちら、げふんげふん‼　良からぬ輩に襲われる心配もありませんね‼」

……今、何て言いかけましたカーターさん？

色々と気になるが、深く追及しないでおくことにする。

「今日のところはここまでです。魔術を使い疲れましたので、休ませてもらいますね」

「わかりやした‼　あれだけ豪快に魔術を使ったんです。ゆっくりお休みください‼」

わざとらしく肩をもみながら、私は離宮へと引き上げた。

……疲労感もなく、まだまだ元気なのは秘密だ。

私がその気になれば、一日でドッグラン敷地分の木々を切り倒し根っこを刻むのも可能だが、カーターさんの反応的に、これくらいで切り上げておくのが妥当だった。

あまり強力な魔術を連発できると知られると、厄介ごとを引き寄せる。

私にはクーデターを起こすつもりも、騎士団を蹴散らす予定も無かった。

本気の魔術はいざという時の自衛手段にとっておくことにして、ほどほどにセーブしていくつもりだった。

「まぁ！　ずいぶんすっきりなさったんですね!!」

すっかり見晴らしの良くなった離宮の裏手を見て、ナタリー様が目を丸くしていた。

ナタリー様が驚くのも当然だ。

魔術を駆使し、木こり代行を始めて五日目。

既に百本以上の木が切り倒され、広々とした空間に日差しが降り注いでいた。

これで、ドッグラン予定地の大半は確保できたはずだ。

あとは少しずつ木を切り倒し整え、大工達に任せ柵などを作ってもらう予定だ。

ちょうど今日から、大工達が離宮にやってきている。大工達が切り拓かれた森に唖然としつつ、作業に取り掛かっているのが見えた。

「この場所には、犬達が自由に走り回れる運動場を作るつもりです。完成したら一度、ナタリー様も見に来てくださいませ」

「喜んで!!」

ナタリー様の顔が輝いた。

素直にはしゃぐ様子は、十六歳の少女らしく可愛らしかった。

彼女が、今日離宮に来た目的の一つがもふもふだ。

一昨日この離宮に、使用人の伴獣が一体やってきていた。

人懐っこいわんこで、噛んだりしないようよく躾けられているらしい。

飼い主の同意も得られたため、ナタリー様に少し撫でさせてもらうことになったのだ。

「ナタリー様、こっちです。大きな音を立てないようにしてついてきてくださいね」

こくこくと、無言かつ高速で頷くナタリー様。

彼女を引き連れ、離宮の裏手、伴獣の待機場へと誘導していく。

「こんにちは、ダイナスさん。伴獣のグルルの様子はどうですか？」

「元気そうにしてます。まだ二日目ですが、この離宮にもほぼ慣れたようですね」

裏手につながれていたのは小柄な垂れ耳の犬、伴獣のグルルだ。

耳が大きく、顎の下あたりまで垂れ下がっている。

耳だけで、顔と同じ大きさがありそうな存在感である。

体毛は腹側が白、背中が黒と茶色で、地球のビーグル犬を一回り小さくしたような外見だ。

くるくると動く瞳は焦げ茶色で、短い体毛はすべすべと艶が良く、しっかりと手入れされているようだった。

グルルは初対面のナタリー様にも物怖(ものお)じすることなく、尻尾を振り近寄ってくる。

ダイナスさんの言っていた通り、人間が大好きな陽気な性格をしているようだ。

「……‼」

ナタリー様が、無言で身もだえているようだった。

ダイナスさんの前だからか、顔はお人形モードの無表情だったが、私には興奮がよくわかる。

待望のもふもふとの直接接触に、静かに浮かれているようだ。

「ダイナスさん、グルルを撫でさせてもらってもいいですか？」

「どうぞどうぞ。こいつは構ってもらうのが大好きですからね。撫でてもらえれば、こいつも喜ぶかと思います」

「ありがとうございます。ではナタリー様、私の真似をして撫でてみてください」

その場に静かにかがみこみ、刺激しないよう注意しつつ、手の甲をグルルの前へと近づける。

グルルはふんふんと匂いを嗅ぐと、感触を確かめるように手の甲に頭をすり寄せる。

短い毛が手の甲を滑り、大きな垂れ耳が当たった。

そのまましばらくグルルのやりたいようにさせた後、今度はこちらから頭を撫でてやる。

掌で柔らかく、グルルの頭頂部から首筋へと撫でてやると、もっともっととばかりに、掌に頭が押し付けられてきた。

「おー、グルルのやつ、レティーシア様にさっそく甘えていますね」

「優しく人懐っこい子です。ナタリー様もほら、こっちにきて撫でてみてください」

「はい‼　私頑張りますね‼」

緊張した様子で、ナタリー様が腰を落とした。

手をグルルへと伸ばすが、イヤイヤをされるように避けられてしまった。

「え……？　私、嫌われたのですか……？」

「ナタリー様、ちょっと待ってください。今、手をグルルの上から近づけましたよね？　上から手が迫ってくると、警戒してしまう子も多いんです」

手を上から近づけるか、下から近づけるか。

小さな違いのようだが、これだけで警戒心が働く犬も多かった。

体の小さな犬からしたら、私達人間は巨人だ。いきなり頭上から巨人の手が迫って来たら、逃げてしまうのも当然なのかもしれない。

そう思い注意したつもりだったが、ナタリー様は慌てて手を引っ込めてしまう。

急なその動きにグルルが驚く。後ずさり距離を取ってしまった。

「あ……」

「……ナタリー様、そんな落ち込まなくても大丈夫ですよ」

あいかわらずの無表情だが、雰囲気というかなんというか、意外とナタリー様はわかりやすい。

もふもふの前ということで、普段より開放的になっているのかもしれなかった。

「急に手を動かしたから、びっくりされただけで、嫌われたわけじゃありません。ほら、さっそく、またグルルが近寄ってきたでしょう？　今度は驚かせないように、ゆっくりと下から撫でてみれば大丈夫です」

「は、はい！」

今度はおっかなびっくりといった様子で、グルルへと手を伸ばすナタリー様。

少しずつ距離が縮まり、白い掌がグルルの体毛へと触れた。

「あったかい……」

思わずといった様子で呟き、グルルを撫でるナタリー様。

直接触れるもふもふの魅力に、虜になっているようだった。

◇　◇　◇

ひとしきりグルルを撫でさせてもらった後、私達はお茶会をすることにした。

よく晴れた空の下、離宮の前庭にテーブルを運ばせ、茶菓子を並べさせている。

茶菓子はクッキーといった一般的なものに加え、改良を重ねたシフォンケーキの皿もある。

……シフォンケーキ、ナタリー様からしたら色々思うところのあるお菓子だから、本当は出すつもりはなかったのだけど。

本人であるナタリー様から、是非一度食べてみたいと言われたため、提供することになったのだった。

「美味しいです。柔らかいのにしっとりしていて、とても不思議な食感ですね……」

ナタリー様はシフォンケーキを上品にフォークで切り分け、小さな口へと運んでいた。

一切れを食べ終えると、紅茶で喉を潤し口を開いた。

「料理について素人の私にもわかります。このシフォンケーキは、ギラン料理長が作ったケーキとは、味も完成度も明らかに異なっていると思います。……もし、レティーシア様が泣き寝入りなさっていたら、あのシフォンケーキもどきとしか言えない品が、シフォンケーキとして定着してしまっていたのかもしれないのです。……謝るしかございません」

自らの配下の行った盗作を、わがことのように謝るナタリー様。

その姿は、先ほどグルル相手に戸惑っていた様子とは別人だ。

ナタリー様にとっては、こちらは精一杯の強がりなのかもしれないが、たとえ強がりでも、これだけ立派に振る舞えるなら将来有望ではないだろうか？

「……謝罪代わりというわけではありませんが、一つ情報があります。グレンリード陛下の王妃候補の一人、東の離宮の王妃候補が、レティーシア様を今度離宮に招待するつもりだと聞いています」

そう告げたナタリー様は、油断なくこちらの様子をうかがう、貴族の瞳をしていた。

「……東の離宮の王妃候補というと、山猫族のケイト様ですね」

私は脳内に、王城の敷地図を思い描いた。

広大な敷地の中央やや北あたりに、グレンリード陛下の居住なさっている本城がある。

四人の王妃候補が住まう離宮は、それぞれ本城の東西南北に位置していた。

そして、離宮の位置はそのまま、王妃候補の出身地の領地の方角とも対応している。

西の離宮を与えられたナタリー様はこの国の西部出身、といった形でわかりやすかった。

「ケイト様はこの国の東部を治める公爵家のご長女で、気位が高く美しい方だと聞いています。

ナタリー様から見たケイト様は、どのような方だったでしょうか？」

「……私とは、正反対のお方でしょうか？」

少し考えるようにしつつ、ナタリー様は口を開いた。

「明るく表情豊かで、気の強いお方です。美しいお顔と御髪(おぐし)で、獣耳は毛並みの良い金茶。尻尾は先端部が曲がっていて、忙(せわ)しなく動いていましたわ」

いわゆるかぎ尻尾だろうか？

ナタリー様、さすがのもふもふ好きというか、細かいところまでチェックしているようだった。

まだ見ぬケイト様のイメージが、かぎ尻尾の猫耳美少女で固定されていった。

「ケイト様、活発な印象の方なんですね」

「はい、私とは正反対のお方ですわ。……性格もですが、王妃候補になった経緯もです」

「……ということはやはり、ケイト様が妹君と王妃候補の座を争っていたという、あの噂は本当なのですか？」

十八歳のケイト様には、一つ下の異母妹がいるらしい。

異母妹の母親もまた、ケイト様の母親にこそやや劣るものの、高位貴族の出身だ。

異母姉妹のうちどちらが王妃候補となるかで、家の中で静かに争いがあったと噂されていた。

相争う山猫族の令嬢達。

……つい、キャットファイトという言葉がよぎったのは秘密だ。

「確かな情報ではありませんが、少なくともケイト様の側は、妹君のことを敵視しているように私には見えました。ケイト様の前では、妹君の話題は出さない方がよろしいかと思います」

「情報ありがとうございます。助かりますわ」

「……そんな、もったいないお言葉です」

ナタリー様が、紅茶のカップを口に運んでいた。

少し赤くなった頬を、隠すためかもしれない。

両親に厳しく躾けられ、ディアーズさんの監視も受けていたせいか、褒められ慣れていないようだった。

ナタリー様は病に倒れた姉君の代わりに、王妃候補として送り込まれた身の上。

本人自身に権力欲や名誉欲は薄く、もふもふを愛する心優しい少女だ。

異母妹と王妃候補の座を争った、ケイト様とは正反対の境遇と言えるかもしれない。

——望まずして、王妃候補となったナタリー様。

——反対に、王妃候補を巡って血を分けた妹と争ったらしいケイト様。

二人の立ち位置が反対だったら幸せだったのに、なかなか上手くいかないものだった。

世の中難しいよなぁ、などと山猫族の王妃候補（かぎ尻尾）に思いを馳せていると、近寄ってくる気配がある。

山猫族ならぬ、わが離宮のお猫様。

庭師猫のいっちゃんが、無言でにじりよってきていた。

「かわいいですね。レティーシア様の飼い猫ですか？」

「そんなようなものかしら？」

いっちゃんの目的は、テーブルの上に並べられたクッキーだ。

潰した苺を生地に練り込んで焼いた、ほんのり苺色の一口クッキー。

色が可愛らしく苺の原形もないため、ナタリー様への苺布教のために用意しておいた品だった。

「いっちゃん、目ざといわね……」

苺を愛するいっちゃんにも、当然苺クッキーはあげていた。

しかし自分の分だけでは満足できず、この場に姿を現したようだ。

苺クッキー、形も匂いも苺っぽさは薄いのに、なかなかに鋭かった。

いっちゃんはテーブルのすぐ下まで来ると、じっとこちらを見上げている。

「……ナタリー様、いっちゃんにクッキーを一枚あげてもらえますか？」

「よろしいのですか？」

「いっちゃんは庭師猫という幻獣です。クッキーをあげても大丈夫ですよ」

「庭師猫‼　初めて見ました！」

「珍しいらしいですね。いっちゃんの存在も、あまり言って回らないようお願いします」

念のため、口止めをしておく。

ナタリー様もすぐ察してくれたようで、首を上下させ頷いてくれた。

その間も、視線はいっちゃんに引き寄せられたままである。

「これ、どうぞ」

ナタリー様がクッキーを差し出す。

いっちゃんが立ち上がり、はっしと肉球でクッキーをつかみ取った。

「立った‼　立ちましたよレティーシア様‼」

ほんのりと頬を赤く染め、ナタリー様がはしゃいでいた。

興奮するナタリー様とおしゃべりをしながら、クッキーを食べるいっちゃんを見つめる。

楽しくて、少し懐かしくなってくる。

侍女のクロナがいた頃は、彼女とこんな風に、軽い会話を交わしたりしていた。

離宮を去ったクロナを思い出し、切なさと懐かしさを覚えてしまった。

「……あ、いっちゃん、クッキーを食べ終わりましたわね。今ならナタリー様が撫でても大丈夫だと思います」

ナタリー様が手を伸ばしても、いっちゃんが逃げることはなかった。

大好きな苺料理を食べて満足したのか、大人しくナタリー様に撫でられている。

柔らかないっちゃんの撫で心地に、ナタリー様も笑みが隠し切れないようだ。

ひとしきり、いっちゃんを愛でつつ話に花を咲かせていたら、そろそろナタリー様が帰る時間になった。

名残惜しそうなナタリー様に、私は一つ確認をすることにする。

「ナタリー様は先ほど、ケイト様と自分は正反対だと仰っていましたよね？」

「ええ、その通りです」

「正反対というのは性格や王妃候補となるまでの経緯、つまり過去に由来する事柄だと仰っていましたが……それだけではないですよね？」

反対なのはきっと、過去だけではなくて。

この先ナタリー様がどのような未来を望むのか。

具体的には、次期王妃を巡る争いへの姿勢を、私はナタリー様に確認することにした。

「ケイト様は気の強いお方で、王妃候補の中で一番、次期王妃の座を望んでいると聞いています。その認識で間違いありませんか？」

「……はい。私達四人の王妃候補は水面下で争っていましたが、その中でも一番貪欲なのがケイト様でした」

「ケイト様の次期王妃の座への熱意は、私がこの国に来た後、今現在も変わっていないのですよね？」

「おそらく、変わりないかと思います」

「……そしてナタリー様は、ケイト様とは『正反対』であると？」

「……ええ。そのように考えていただいて、よろしいかと思います」

自分自身のことなのに、他人事のように語るナタリー様。

曖昧な返答だが、私の問いかけを否定しようとはしない、ナタリー様の本心は察せられる。

――ナタリー様はきっと、次期お妃の座を目指すつもりはないはずだ。

元々、王妃候補になったのも病に倒れた姉の代役であり、権力欲や名誉欲には乏しかったナタリー様。

彼女本人には、次期お妃の座への熱意は皆無だったはずだ。

それでもナタリー様は、両親や周囲の期待を裏切らないよう、必死に次期お妃を目指していた。

その努力は立派だが、ディアーズさん主導の盗作騒動が、大きく足を引っ張ったに違いない。

ディアーズさんの盗作を、告発したことを後悔するつもりはない。

だが結果として、私の行動が原因で、ナタリー様が次期お妃になる可能性は低くなったのは事実だ。

ナタリー様だって、自身の旗色が悪くなったのは痛いほど理解しているはず。

窮地に陥ってなお、足掻きに足掻いて次期お妃の座を目指す――のではなかった。

ナタリー様は今後、次期お妃を目指すのは諦め、次善策を講じるつもりのようだ。

現在の状況を考えれば妥当と言える判断だが、一族の期待を背負うナタリー様自身が、

『私は次期お妃となるのは諦めます』と公言することは許されないはずだ。

公の場で明確に言葉にしたが最後、そのまま王城を追われる可能性だって存在している。

だからこそナタリー様は、

『自分は次期王妃の座に貪欲なケイト様とは正反対です』などという、回りくどい表現を口にしたに違いない。

……随分とまどろっこしいやり取りだが、ナタリー様の背負うものや立場を考えると最善かもしれない。

自分を卑下しがちなナタリー様だけど、伝えにくい事実を、身分に相応しい表現を使い口にで

きるあたり、頭の回転は優れているように思えた。

「……ナタリー様のお考え、理解させてもらいました。……ちなみにお父様、公爵家の当主も、ナタリー様と考えを同じにしてらっしゃるのですか？」

「父は、私よりもう少し貪欲かもしれませんが……。ディアーズの一件もありますし、以前ほど強固に、次期王妃の座を私に求めることはないと思います」

ナタリー様の眉が、少しだけ下げられる。

父親から向けられる期待に応えられず、心苦しいようだった。

……私も婚約破棄された時、同じように感じたのでよくわかる。

「……私自身、私が次期王妃になることが、この国にとって最善か自信が持てないんです。私の内気な性格もありますが、私を育て支えてくれている実家は、獣人を下に見る向きが強い一族です。そんな一族が、この国の頂に手を伸ばすのをきっと、獣人の皆様は歓迎しないと思います」

「いかに優れた王妃であろうと、全ての民から歓迎されるのは難しいはずです。それに――」

ナタリー様を見つめる。

姉の代役として、この場にいるナタリー様。

だがどんな事情があろうとも、王妃候補になったのがナタリー様なのは変わらない。

「獣人と人間の関係が難しいのは当然ですが、変えていくこともできるはずです。ナタリー様は今、一族を代表する王妃候補としてここにいます。望まずして手に入れた位であっても、そこには義務と影響力が、力が付随することになります」

「力が、私に……」

「例えば、ナタリー様自らが獣人への友好路線を表明することも可能です。一族の方から反対や妨害もあるでしょうが、王妃候補であるナタリー様が本気で取り組めば、良きにせよ悪しきにせよ、一族の現状を変えるきっかけになるかと思います」

私の言っていることは、ナタリー様には酷なことかもしれない。

獣人を蔑視する一族の現状を憂えるなら、傍観するだけではいけない、と。

王妃候補として祭り上げられた以上、手に入れた権力を使えと、そうそそのかしているのである。

「ナタリー様が動いても、上手くいくかはわからないし、裏目に出るかもしれません。最悪、実家の操り人形にならないなら価値なしと、幽閉や暗殺される可能性だって考えられます」

危険性を伝えておく。

ナタリー様はお人形姫様のあだ名の通り、今まで両親の指示通りに生きてきたのだ。人形が自らの意思で歩き出そうとした時どうなるか、私には予想できなかった。

「私は……」

ナタリー様は震えていた。

「上手くやれる自信も、父や親族、領地の人間達に納得してもらえる自信もありません」

ですが、と。

ナタリー様が言葉を続けた。

「ですがそれでも、獣人と人間の関係を悪化させる一族の方針を放置しておくことは、よくないことだと思うのです。少しずつでも改善していけたら、こんな私でも、王妃候補になった意味があるのだと思います」

「ナタリー様……」

「レティーシア様、ありがとうございます。そしてこれからも、お世話になってよろしいでしょうか？　私はまだまだ、至らない点ばかりです。獣人や伴獣について、知らないことがたくさんあります。こうしてお茶会のついでいいので、お話を聞かせていただきたいんです」

「えぇ、喜んで。私はこの離宮でゆるゆると、お茶菓子といっちゃん達と共にお待ちしていますわ」

　ナタリー様と私は、出身も陣営も違う他人だ。

直接支えることはできないが、それでも愚痴や話を聞き、一緒にもふもふを愛でるくらいはできるはずだった。

「ありがとうございます！」

表情が輝くナタリー様。

まだ不安はあるだろうけど、進む道を決めたようだった。

「……ならいいのに……」

「？　ナタリー様、何か言いましたか？」

「……いいえ、何も。さっそく、次にこちらを訪れる日にちなのですけど――」

急かすように嬉しそうに、予定を語るナタリー様。

――『この先ずっと、レティーシア様が王妃ならいいのに』

そうナタリー様が言っていたと私が知るのは、しばらく後の話である。

◇◇◇

ナタリー様を見送り、お茶会の片づけを指示していると、メイドの一人が封書を携えやってきた。

王妃候補から、私への招待状だ。

ナタリー様の情報通りだが、予想とも違う点があった。

「招待主は東の離宮のケイト様、それに、北の離宮のイ・リエナ様のご連名？」

山猫族のケイト様。

そして、雪狐族出身であるイ・リエナ様。

それぞれ猫と狐の獣耳を持つ王妃候補と、私は顔を合わせることになったのである。

◇◇◇

なぜ私への招待状が、山猫族のケイト様と、雪狐族のイ・リエナ様の連名になったのか？

原因の大部分は、山猫族のケイト様の側にあるはずだ。

元々四人の王妃候補のうち、次期王妃と有力視されていたのは、ナタリー様とケイト様のお二人だった。

盗作の一件でナタリー様の力が削がれた今、ケイト様が最有力の候補になっている。

ケイト様はきっと、私を招き自らの優位性を誇示し、仲間に引き入れたいはずだった。

しかしケイト様には、簡単に私と交流を深めることができない事情がある。

外側ではなく身内に、反対する者がいるに違いなかった。

ケイト様の出身地である東部地域は、住民の大半が山猫族などの獣人だ。

そして残念なことに、獣人には人間を好ましく思わない者も多かった。

人間が獣人を「獣まじり」と馬鹿にするように、獣人もまた人間のことを「毛無し猿」とあざ笑うことがあるのだ。

「毛無し……。一部の人間にとっては、耐え難い罵倒よね……」

離宮を発った馬車の中、思わず苦笑してしまった。

幸い私のお兄様やお父様は、今のところ頭はフサフサだ。

だが、薄毛に悩む中高年の男女は平民貴族問わず多かった。下手に頭髪について言及しようものなら、修羅場になるかもしれない。

……というか、実際になっているようだった。

「毛無し猿」と言われ激怒した人間と獣人の喧嘩騒ぎは、この国では珍しいことではないらしい。

「笑えないわよね……」

獣人のもふもふな尻尾や獣耳は素晴らしいが、全員が善人というわけでもないのだ。

他の国では獣人の数が少ないため、迫害されっぱなしのことも多いらしいが、この国の半分弱は獣人だ。

ケイト様の出身地のような獣人が大半を占める地域では、人間を下に見る獣人も多かった。

ケイト様の近くにも、人間に隔意を抱く獣人は多いらしい。

そんな彼らからすると、王妃とはいえ所詮お飾りであり、人間である私は歓迎できない相手だったのだ。

ケイト様にしても、悩みどころだったに違いない。

私を招き味方につけたいが、配下を完全に納得させることは難しい。

そんな状況を打開するため、ケイト様はイ・リエナ様と連名で私を招くことにしたようだった。

今日招かれている食事会、場所はケイト様の離宮だ。

そしてそこに招待されたイ・リエナ様が、

「できればレティーシア様にも食事会に参加していただきたい」と希望した。

……という筋書きになっているらしい。

実際は、ケイト様がイ・リエナ様と事前に打ち合わせをして、私を招くことにしたに違いない。

食事会の主催主はケイト様だが、私を招きたいと主張したのはイ・リエナ様。

ゆえに、私への招待はケイト様だけではなく、イ・リエナ様との連名で届けられている。

そういった形にすることで、ケイト様は人間を厭う配下達を納得させたようだった。

「めんどくさい……。貴族って、とてもめんどくさいわね……」

私の中の、小市民な感性がため息をつく。

早くも離宮、マイホームに帰りたくなってきた。

私が日々接している獣人は、エドガーやボーガンさんといった優しい人達だ。

だから忘れそうになってしまうけど……獣人と人間の関係は複雑だ。

個人間での付き合いは良好でも、公人として動く際には様々な壁やしがらみがあるのだった。

脳内で盛大にドナドナが流れていた私だったが、馬車から降りる時には猫を被る。

内心の陰りを悟られないように浮かべた笑顔だったけど、すぐさまテンションが上昇することになる。

「レティーシア様、ようこそいらっしゃいました。妾は歓迎いたしますわ」

出迎えてくれたのは、狐の耳と尾を持つ銀髪の美女だ。金色の瞳は切れ長で、目じりの紅がほんのりと妖艶だった。

麗しい姿だが、私の視線は彼女の横、揺れるもふもふへと惹かれていた。

滑らかな金茶の体に、豊かな毛並みの尻尾が五本。

大ボリュームなもふもふを持つ狐が、優美に佇んでいたのである。

「あらぁ、レティーシア様、狐がお好きなんですの？」

艶やかな笑みが向けられる。

……もふもふに惹かれたのは事実だが、表情には出していなかったはず。

鋭いことだった。

「イ・リエナと申します。妾と仲良くしていただけると嬉しいですわ」

「レティーシアです。こちらこそ、本日はお招きいただきありがとうございます」

気合いを入れなおしつつ挨拶を交わす。

イ・リエナ様。雪狐族出身の王妃候補で、北の離宮の主だ。

以前から名前は知っていたし、直に会うのも二度目のはず。

だが、初対面であった陛下の生誕祭の時、私はディアーズさん達の動きを注視していた。

一対一でしっかり向き合い、言葉を交わすのは初めてだった。

イ・リエナ様は御年二十四歳と、陛下と同い年の美女だ。

出身である雪狐族は独特の文化を持つ獣人で、服装も変わっていた。

色鮮やかな衣を何枚も重ね着し、幾何学模様の染め抜かれた上着を羽織った姿は前世の着物や、アイヌの民族衣装に通じるものがある。

「お噂には聞いていていましたが、とても美しい伴獣ですね」

美しいイ・リエナ様の横に侍る、これまた美しい狐の姿。

二つ尾狐という獣だ。

外見は長い尾を持った狐といったところだが、尾の数が特徴的だ。二つ尾狐の名の通り、基本的に二本の尾を持つようだった。

尾の数が多いほど、珍しく価値があるとされる二つ尾狐。

五つ尾の狐を連れたイ・リエナ様は、それだけ高い位にあるということだ。

五つ尾の狐はありがたがられるだけあり、圧倒的なもふもふ具合を誇っている。

ゆらりゆらりと揺れる、五本の長い尻尾達。

優美で愛らしい、とても美しい生き物だった。

「ありがたいですわぁ。この子も褒められて、嬉しがってますわね」

「美しく、賢い子なんですね」

「お上手ですわねぇ。撫でてみます？」

お誘いを受けた。

初対面も同然の相手に伴獣を撫でさせるのは、『仲良くしていきたい』という意思表示だ。

断れば失礼にあたるし、私自身拒む理由もなかった。

イ・リエナ様がなぜケイト様に協力し、この場に私を招いたのか。思惑の全てはわからなかったけど、ここは素直に応じておくことにする。

希少なもふもふ生物を撫でられる、役得な機会だった。

「では、失礼しますわね」

かがみこみ、狐の頭を撫でてやる。

同じイヌ科仲間（?）のぐー様達狼とも違う、絹のような滑らかさだ。

するすると掌を滑る感触を楽しんでいると、頬に柔らかな風が当たる。


ふわっ、もふもふ。もふぱた。


長い尾がゆるやかに振られ、私の頬に触れていた。

五本の尻尾が気まぐれに、私の体をかすめ撫でていく。

もふもふ最高‼

圧倒的役得に、頬が緩みそうになる。

極上のその感触に、馬車の中でのドナドナ気分もどこかに行ってしまった。

肌を撫でる極上のもふもふ尻尾に目を細めつつ、二つ尾狐を撫で終える。

もふもふを名残おしく思いつつも、イ・リエナ様と言葉を交わし、ケイト様の離宮を奥へ進んでいく。

イ・リエナ様は雪狐族という名を表すような、白銀の髪と狐耳を持つ美女だ。

女性らしく出るところの出た体を、民族衣装と宝玉で艶やかに飾り立てている。

緩やかな笑みをたたえており、紅い唇が蠱惑（こわく）的だった。

この国の北部は雪深く、よそ者に対しては排他的な傾向が強いらしい。

だが、イ・リエナ様にそのような気難しさはなく、会話もお上手なようだった。

友好的な態度でやりやすい反面、しっかり気を付けていないと、会話の主導権を丸ごと奪われ、転がされてしまいそうな予感もする。

「レティーシアです。本日はお招きいただき、ありがとうございます」

食堂で待っていた、ケイト様へと挨拶をのべた。

ケイト様も、しっかりと顔を合わせるのは初めてだ。

やや吊り目がちの美少女で、金茶の髪と猫耳は毛並みよく整えられているようだった。

「いらっしゃいませ。遠路はるばる、ようこそおいでくださいました」

一見歓迎されているようだが、口調にどことなく棘がある気がした。

『遠路はるばる』というのも、私の離宮からの距離ではなく、遠い外国からよく嫁いできましたね？　と言いたいようだ。

「あらあらぁ、ケイト様ったら毛を逆立てちゃって、どうしたんですの？」

「勝手なことを言わないでくださる？　あなたは今日も変わらず、にやけているようじゃない」

イ・リエナ様がからかうと、ケイト様がすぐさま反論する。

その様子は確かに、毛を逆立てた猫のようだった。

……この二人、今日は連名で私を招いたわけだけど、あまり仲はよろしくなさそうである。

ケイト様は気が強い方だと聞いていたから、それも自然なことかもしれない。

次期王妃の席が一人がけである以上、ライバル同士警戒しているに違いない。

……というかケイト様、猫耳はぴくぴくと動いているけど、尻尾は見えないのが疑問だった。

獣人にとっての尻尾は、人間にとっての手足と同じような感覚で、服に穴をあけ外に出すのが普通だ。

ケイト様はかぎ尻尾らしいが、長さは短めで、背中に隠れてしまっているのだろうか？

豊かな毛並みの尻尾を揺らす、イ・リエナ様とは対照的だ。

放っておくと、二人の間で口喧嘩が始まりそうなので、話題を変えることにした。

「ケイト様、あちらに飾られているのは、東部名産の岩塩でしょうか？」

テーブルの中央に、大きな結晶が鎮座している。

私の頭ほども大きく、表面はキラキラと光を反射し綺麗だった。

「ええ、そうよ。外国のご出身の方なのに、よくわかりましたわね？」

「東部地域から産出される岩塩は質と量ともに高く、磨けば水晶のようになると聞いています」

昔は『白い金』と呼ばれたこともある、東部地域の名産品だ。

故郷の品を褒められ、ケイト様が自慢げに胸を反らした。

わかりやすいというか、ナタリー様の仰っていた通り、感情豊かな方のようだ。最初はやや刺々(とげとげ)しかったけど、悪い人ではないのかもしれない。

「ふふっ、人間にしては上出来じゃない。近頃の人間達は塩の恩恵も忘れて、香辛料に入れあげて愚かしいと思わない？」

「私は、塩も香辛料も好きですわ」

「妾はどちらかというと、塩味の方が好きですかねぇ？」

「……イ・リエナ様、今あなたの意見は求めてませんわ」

ケイト様は割り込んできたイ・リエナ様にも、私の返答にも不服そうだった。

塩と香辛料。

どちらも料理にかかせない調味料だけど、この国ではそれだけではなかった。

ケイト様の故郷の東部地域は、古くから知られる岩塩の一大生産地帯だ。

一方、この国の良港はナタリー様の出身地の西部地方に多く、今はそちらが外国からの香辛料の主要な経路になっていた。

ナタリー様の故郷の貴族が、やたら香辛料を多用していたのは、獣人への嫌がらせと同時に、故郷の港からもたらされる香辛料の存在も大きいようだ。

やはり、自分の故郷にゆかりのある品は、愛着が湧くのかもしれなかった。

ケイト様が『塩か香辛料どちらが好き？』と聞いてきたのも、言葉通りの意味ではないはずだ。

塩の名産地であるケイト様の東部地域と、香辛料をありがたがるナタリー様の西部地域。

私がどちらにつくつもりか、確認したかったようである。

塩と香辛料はどっちも美味しい。

それでいいんじゃないかと思っていると、さっそく料理が運ばれてきた。

予想通りというか、料理には塩で味付けしたものが多かった。

酸味のあるキャベツの漬物は、地球のザワークラウトのような製法らしい。すっぱいが、酢は使っていないはず。

切ったキャベツを塩と混ぜ、発酵させた食品だ。爽やかな酸味で、香草の練り込まれたソーセージと相性が良く、いくらでも食べられそうだった。

噛むと弾（はじ）けるソーセージと、シャキシャキとしたキャベツの組み合わせが楽しい。

保存も利きやすいはずだし、今度私の離宮でも作ってみることにする。

獣人は貴族であっても、香辛料を過剰に使わないと聞いていたが、なるほどその通りのようだった。

やや塩気が強い傾向があるとはいえ、人間の貴族向けの料理より、こちらの味付けの方が好みかもしれない。

「ケイト様、美味しいお食事をありがとうございます」

「気に入っていただけて光栄ね。私の故郷の最上級の岩塩を惜しみなく使わせた、自信作ですもの」

上機嫌なケイト様だったが、その瞳が真剣な光を帯びた。

「私の招きに応じ、料理を褒めてくださった言葉、嘘（うそ）ではないのですよね？」

「ええ、もちろんです。何か気になる点でもございましたか？」

「……まどろっこしいですわね」

ケイト様がひたとこちらを見据えた。

「レティーシア様、お聞かせください。私を次期王妃にと、助力なさってくださるつもりはありますか？　レティーシア様は今日、私の招きに応じてくださいました。即ちそれは私どもの陣営と、歩みを同じにしてくれるということでしょう？」

……デジャヴだなぁ。

ナタリー様の離宮を初めて訪れた時の、ディアーズさんを思い出す。

ディアーズさんは同じ人間同士、私がナタリー様を支持するものと決めつけていた。

そしてナタリー様の勢いが弱まり、相対的にケイト様の影響力が劇的に強化された今、ケイト様は私がケイト様の陣営につくものと思い込んでいるらしい。

確かに、このまま大きな波乱なく時が過ぎれば、次期お妃にはケイト様がなる可能性が高かった。加えて、お飾りとはいえ現王妃である私がケイト様を支持すれば、更にケイト様の勝利は盤石となるはず。

勝ち馬に乗りたいならケイト様の陣営につき、彼女が王妃になった後の私の祖国との関係が良好になるよう動くべきなのかもしれない。

そうわかっているが、いくつか懸念していることがあり、素直に頷くことはできなかった。

「……私は、ケイト様と仲良くしていきたいと思っていますし、それに――」

「！　いい返事ね‼」

ぴくりと猫耳を動かし、表情を輝かせるケイト様。

彼女には悪いけれど、私の言葉には続きがあった。

「――イ・リエナ様とも、私は仲良くしていきたいと思います」

「……どういうことかしら？」

喜びの顔から一転、目を吊り上げるケイト様。

その反応に、彼女を素直に次期王妃として推すのは難しいと再確認する。

短い会話だけでも、ケイト様が感情をそのまま表情に出してしまう性質なのは察せられた。

感情豊かな人は嫌いではないけれど、王妃を志すにはどうなのだろう？

ある程度、自分の振る舞いを制御できる人でないと、王族の一員になったところで問題は山積みだ。

「レティーシア様、なぜそこで、イ・リエナ様の名前が出てくるんですの？」

「今日私が招かれたのは、ケイト様とイ・リエナ様との連名でした。ならばお二人と、仲良くしていきたいと思うのは自然でしょう？」

「光栄ですわぁ。妾もレティーシア様と、末永くよろしくやっていきたいところですもの」

イ・リエナ様が口を開くも、ケイト様は無視することにしたようだ。

私を見るケイト様の瞳には、警戒心と不満が隠しきれていなかった。

「レティーシア様、率直に申し上げまして、私の陣営に加わるのが、最も賢く利の多い選択になりますわ。そこのめぎつ……いえ、イ・リエナ様は口こそ達者ですが、出身の領地の規模や諸々を鑑みるに、私を差し置いて次期王妃に選ばれる目はまずありえませんもの」

「……そうかもしれませんわね」

「ならばなぜ、素直に首を振ってくれないのですか？　私が獣人だからと、蔑んでいらっしゃるのですか？」

ケイト様の的外れな非難には、内心苦笑するしかなかった。

私に獣人を見下す趣味はないし、たとえもし獣人を嫌っていたとしても、獣人であるケイト様を前にして、そんな個人的な感情を見せるつもりはなかった。

むしろケイト様の方こそ、人間である私への隔意を隠しきれていないのだ。

獣人と人間の確執を思えば仕方ないことかもしれないが、そんなケイト様を次期王妃にと、支持するのはためらわれるのが本音だ。

私の祖国、エルトリアの住民は、そのほとんどが人間だ。

ケイト様のような人間への偏見が強い方がヴォルフヴァルト王国の次期王妃になっては、国同士の関係も怪しくなるかもしれない。

……といった本音をぶちまけるわけにもいかないため、ケイト様の矛先をずらすことにした。

「私は自身の離宮で、獣人の方達とも仲良くさせていただいています。相手が獣人だから見下し、人間だから優遇する。私にそんなつもりがないことは、生誕祭でのディアーズさん達への対応を見れば、おわかりになるかと思います」

「……それはそうね、でも……。なら、ナタリー様への対応はどうなっているのかしら？　つい先日も、彼女を離宮に招いたそうじゃないの？　ディアーズの主であった彼女と、懇意にする意図を説明してくれませんか？」

「ナタリー様は配下の手綱を握れなかった咎はありますが、本人に悪意はありませんでしたわ」

「悪気がなかったら、問題ないと言うの？　そんなの同じ人間同士、贔屓しているだけじゃ――」

「ふふっ、ケイト様、本当におわかりにならないのかしらぁ？」

「……いきなりなんですの？」

話に割り込んできたイ・リエナ様を、ケイト様が横目で睨みつける。

一方のイ・リエナ様は怯むことも無く、幼子を見るような目をケイト様に向けていた。

「ディアーズを告発したレティーシア様が、ナタリー様の陣営の人間から、恨みを買ってしまったのは理解できまして？」

「そんなの逆恨みでしょう？」

「逆恨みでも、恨みは恨みですもの。そんな状態で更に、レティーシア様がナタリー様に冷たくあたれば、どうなると思います？」

「それは……」

ケイト様の語尾が小さくなる。

彼女も気づいたようだった。

私が、ナタリー様を離宮に招いた理由。

ナタリー様とお話しし、個人的に彼女の支えになれれば、という思いはあるが、決してそれだけではなかった。

私はディアーズさんを告発したが、それはそれだ。

嫌っていたのは直接罪を犯したディアーズさん一派だけであり、ナタリー様に悪感情はないと表明するためにも、私はナタリー様をお茶会に招いていた。

そうしておけば、ナタリー様の配下の人間も、少なくとも表立っては、私に敵意を向けないはずである。

「ケイト様、私はナタリー様と、そしてケイト様やイ・リエナ様とも敵対する気はございませんが……ご納得いただけたでしょうか？」

「……敵対する気がないのなら、私の陣営に加われば良いのではなくて？」

「いずれそうなるかもしれませんが、まだ早すぎると思いませんか？　私達が本格的に顔を合わせたのは、今日が初めてでしょう？」

「それはそうですけど……」

「私達二人は、生まれた国も種族も異なっています。わかり合うのに時間がかかるのも、自然なことだと思います」

「……わかったわ。今日のところは難しい話はやめて、残りの料理を楽しみましょう」

ケイト様が引き下がってくれ、ほっとする。

かつてのディアーズさんのように、この場で味方にならないなら敵同然と、そこまで高圧的ではないようだ。

ケイト様、感情制御はできていないし、駆け引きも苦手そうだけど、個人としては悪い人ではないのかもしれない。

私への当たりが強いのも、種族の違いを考えればおおよそ許容範囲だ。ゆっくり交友を重ねていけばケイト様の態度も軟化し、人間への偏見も薄れるかもしれなかった。

今日のところはとりあえず、悪くない初接触だと思うことにする。

少し気を楽にして食事を再開しようとすると、視線を感じた。

それとなくうかがうと、イ・リエナ様がこちらを見ていた……ような気がする。

ケイト様とは反対に、表情が読みにくい方なので、気のせいかもしれない。

フォークを手にし、ソースのかけられた牛肉を口に運んだところで――

「!?」

一瞬、硬直。

すぐさま何もなかったように、喉の奥へと肉切れを飲み下す。

辛い。辛すぎる。

口にした瞬間、痛みにも似た強烈な塩味が舌を襲う。

口の中の水分が干上がり、海水を飲まされたようだった。

……いくら塩気の強い料理が主体とはいえ、この塩分濃度は異常だ。

他の料理と比べても、あきらかに味付けがおかしかった。

だが、客人の立場にある以上、無暗(むやみ)に指摘することもできず、何食わぬ顔でフォークを進める。

イ・リエナ様も同じように、変わらない笑みのまま同じ料理を食べているのが見えた。

　私の料理の味付けだけがおかしいのか、それともイ・リエナ様もまた、この場で騒ぐのを良しとせず、平静を保っているのだろうか？

　どう対応するべきか考えていると、ケイト様もまた、牛肉にフォークを伸ばした。

「っ⁉　何よこの味⁉　私を馬鹿にしているの⁉」

　フォークを皿に叩きつけ、立ち上がるケイト様。

　騒ぎにならないよう耐えていた私の努力も空しく、感情的な彼女は我慢できなかったようだ。

　けたたましい音を立て、皿に叩きつけられたフォーク。

　その残響も消えないうちに、ケイト様は勢いよく席を立った。

「あいつっ‼　ふざけないでっ‼」

「ケイト様」

「待ってなさい‼　すぐに本物の料理を――」

「ケイト様‼　お待ちください‼」

　今にも食堂から出ていこうとするケイト様の腕を掴んだ。

「何するの⁉　放しなさいよ‼」

「落ち着いてください。まずは座って――」

「そんな場合じゃないわ‼　どいてちょうだい‼」

「きゃっ⁉」

　力任せに振りほどかれ、よろめく。

ケイト様と私に大きな体格差はないが、獣人は人間より身体能力が高かった。

種族による筋力の差は大きく、思わず私は体勢を崩してしまう――フリをした。

振り払われたのは本当だが、こうも派手によろめき、悲鳴を上げたのは演技だ。

いっそわざとらしいほどだったが、ケイト様がはっとし、慌てて私の腕をとり支えた。

強く掴まれた腕が痛かったけど、ケイト様の思いは伝わってくる。

相手が初対面で人間の私であっても、目の前で怪我をしそうにしていたら助けようとしてくれたのだ。

咄嗟の親切に打算は感じられず、おかげで私は、ケイト様を引きとどめることに成功した。

「ケイト様、ありがとうございます」

「……無理に振りほどこうとして、悪かったわね」

ばつが悪そうに、でもきちんと謝れるケイト様は、きっといい子だと思う。

先ほどから口調がやや崩れており、慌てたせいで地が出ているようだった。

「こちらこそ、強引に引きとどめようとしてすみません。でも、少し待ってもらいたいのです」

「……どうしてよ？　レティーシア様だってあの、塩辛すぎるお肉は口になさったんでしょう？」

「はい。とても美味しかったです」

「え？」

ケイト様がぽかんとした顔を晒す。

「あなた、正気？　普段、塩を豊富に使った料理を食べている私だって、とても食べられた代物じゃなかったわよ？」

「でも、美味しかったです。イ・リエナ様も、そう思われたでしょう？」

「ふふっ、塩がふんだんに使われていて、美味しかったですわね」

私の言葉に、イ・リエナ様も乗ってきた。

どうやら彼女も、私と同じ方針のようである。

「あなた達二人とも、舌は大丈夫？　まさか、どこか体が悪くて、味が感じられないの……？」

困惑し気を遣いだすケイト様に、こちらの意図を説明することにした。

「美味しかった……ということにしませんか？　思わずえずいてしまいそうな、塩辛い料理などなかった。ケイト様とイ・リエナ様が招いてくれたこの場に、そんな料理は相応しくありませんもの」

「それは……そうね」

ケイト様もこちらの意図を察し、納得したようだ。

客人をもてなす場で、とても食べられたものではない料理が出されたとしたら、それは酷い侮辱だ。

そこにどんな裏事情があろうと、招待主であるケイト様とイ・リエナ様の評判は落ちるに違いない。だからこそ、全てをなかったことに、塩辛すぎる料理などなかったことにしようというのが、私の提案だった。

食堂を出ていこうとするケイト様を引きとどめたのも、騒ぎをこれ以上大きくさせないためだ。

下手人には腹が立つが、ケイト様の乱心ぶりを見るに、彼女も巻き込まれた側なのは察せられた。

これでもし、ケイト様の行動が全て演技だとしたらたいした女優だ。

彼女に塩辛い料理を出す動機は無さそうだし、その可能性は除外することにする。

「……レティーシア様、ありがとうございます。ついカッとなり、傷口を広げてしまうところでした」

猫耳を倒し、しゅんとするケイト様。

彼女は彼女なりに、自分の感情的になってしまう性格を恥じているようだった。

「おかげで助かりました。犯人は……少なくとも直接の下手人は、必ず捕まえ締めあげますわ」

「ケイト様、その点ですが一つ、頼みごとをできますか？」

「……何でしょうか？」

「シエナ様――ケイト様の妹君に一度、お会いさせてもらえませんか？」

◇　◇　◇

「失礼いたします。シエナですわ」

部屋に入ってきたのは、薄茶の尻尾を揺らした猫耳の令嬢だ。

楚々とした足取りで、柔らかな笑みを浮かべている。

あまりケイト様には似ていない、彼女の異母妹だった。

「本日はレティーシア様にお目通り叶い、ありがたいことですわ」

異母姉であり本日の食事会の主であるケイト様の紹介を待つことなく、私へと向き合うシエナ様。自分こそが、この離宮の真の主だとでも言わんばかりの振る舞いだった。

「私も嬉しいわ。急な呼び出しにもかかわらず、よくいらっしゃいました」

「レティーシア様たってのお望みと聞きましたもの。私は姉を助けるため、この離宮に滞在していましたから、幸運です」

「姉を助けるため？　ふざけないでくれるかしら？」

怒りをあらわにするケイト様。

しかしシエナ様は狼狽えることもなく、穏やかに微笑むだけだった。

「シエナ様、お近づきの印に一つ、贈りたいものがあるのですが、よろしいですか？」

「ええ、もちろん‼　光栄なことで――」

シエナ様の表情が引きつった。

尻尾もぶわりと膨らんでいる。

彼女の視線の先にあるのは、私が口をつけた部分を綺麗に取り除いた、塩気の強すぎる肉料理の皿だ。

「レティーシア様？　それはなんの冗談でしょうか？　そちらの一品は、本日の食事会のため、用意されたもののはずでしょう？」

「ええ、その通りです。とても美味しかったので、シエナ様も一口どうですか？」

「……遠慮しておきます。今日は少し、胃がもたれていますので」

緩やかに首を振るシエナ様。

いきなり呼び出され、客人用の料理を差し出されたのだ。

拒否しても無理はない状況だったが……どうもそれだけではなさそうだ。

私の差し示した肉料理を見た一瞬、シエナ様によぎったのは困惑ではなく、

『こんなマズイもの食べられるわけないじゃない』

と言わんばかりの、嫌悪感も露な表情だった。

料理を勧められただけにしては、不自然にすぎるその反応。

十中八九、シエナ様はあの料理が塩辛すぎることを知っている。

つまり彼女こそが、あの料理の狂った味付けを指示した一人に違いない。

ケイト様もそれに気づいたようで、毛を逆立てるようにして異母妹に食い掛かった。

「シエナ‼　やっぱり犯人はあなただったのね‼」

「お姉さま、急に叫ばないでください。何を仰っているのですか？」

「この塩辛すぎる料理を作らせた犯人よ‼　私の足を引っ張るつもりだったんでしょう⁉」

「いきなり何を言うのですか？　人を犯人扱いするなら、証拠はあるのですよね？」

「今あなた、料理を食べようとしなかったじゃない‼」

「それだけですか？　そんな言いがかり、成立するとお思いですの？」

「……っ‼」

ケイト様が黙り込む。

この辺り、ケイト様達の陣営の事情が察せられるようだった。

次期王妃候補として選ばれたケイト様だが、身内は決して一枚岩ではないらしい。

配下の掌握も不十分で、どの料理人が誰の指示で、塩辛すぎる料理を作ったか、断定するだけの自信は無いようだった。

「お姉さま、私に罪をなすりつけるのはおよしください。今日の食事会の主はお姉さまとイ・リエナ様です。何が起ころうとも、責任を被るべきはお二人だと、そうレティーシア様もお思いになるでしょう？」

「ええ、その通りね」

「ひうっ⁉」

シエナ様が小さく声をひきつらせる。

腹が黒く、だが底の浅いシエナ様。

私が彼女に向けたのは、温かさの欠片も無い、威圧感に満ちた悪役のような笑顔だ。

「今日の料理は、とても美味しかったです。全ては招待主である、ケイト様とイ・リエナ様のおかげですわね」

「……何を仰っているのですか？」

「何かおかしなことでも言ったかしら？　ケイト様にとってはやや塩気の多いように感じた料理も、私やイ・リエナ様の口には合いましたもの」

だから、ケイト様の落ち度を問うつもりはないと、言外に言ってのける。

私の意図が伝わったのか、シエナ様が一瞬顔を歪めた。

……あぁ本当に、底が浅い。

シエナ様は品良く振る舞っているつもりのようだが、所々地が隠せていなかった。

先ほど私が差しだした一皿だって、シエナ様は拒否せず食べるべきだった。

そうすれば、自分こそが塩辛い料理を指示した犯人であるという疑いを撥ねのけることができたはずだし、同時に『こんな塩辛い料理を出すなんて』とケイト様を直接非難することもできたはずだ。

だがシエナ様は、塩辛すぎる料理を口にすることを厭い、不自然な態度で拒絶してしまった。

自らが犯人であるという、決定的な証拠を掴ませない自信があるからだろうが、底の浅さは明らかだ。

私とイ・リエナ様が口裏を合わせる以上、

『今日この場で出された料理が常軌を逸した塩辛い一品だった』

と、シエナ様が今から指摘するのも難しい。

異母姉であるケイト様に恥をかかせ足を引っ張るつもりだったらしいが、やり口があまりに稚拙だ。

……もっとも、感情的なケイト様相手なら、その程度の企みでも十分だったのかもしれないけれど。彼女達の姉妹喧嘩に、私が付き合ってやる義理もなかった。

確たる証拠が出なそうな以上、シエナ様を犯人扱いするのも難しいが、要警戒人物として脳裏に書き留めておくことにする。

ディアーズさんといい、料理を使って嫌がらせをしてくる人間は嫌いだ。

異母姉であるケイト様を卑怯なやり口で陥れようとしていた点と言い、到底仲良くできそうにない相手だった。

「シエナ様のお名前、しっかりと記憶させてもらいましたわ」

シエナ様の顔が歪んだ。すぐに表情を取り繕ったが、感情を隠しきれていなかった。

たかが料理の味付け、されど料理の味付けだ。

自分自身さえ口にできないような料理をシエナ様が出してきた以上、それは私に対しても立派な嫌がらせに当たる。

今回は証拠が掴めないのと、騒ぎを大きくしたくないので引き下がるが、もし次があったら容赦しないと、釘を刺しておくことにする。

「……ありがとうございます。胃がもたれ、体調が優れないので、退出させていただきますわ」

私の機嫌を損ねたのを察したのか、シエナ様が逃げるように去っていく。

その後は、怒り冷めやらないといった様子のケイト様をなだめつつ、どうにか大事にすることなく、食事会を終えたのだった。

◇　◇　◇

「レティーシア様、お見事でしたわね」

帰りの馬車に乗り込もうとしたところで、イ・リエナ様に呼びかけられた。

ケイト様はさっそく塩辛すぎる料理の実行犯を探し出さんと、その場を離れたところだった。

「劇物同然の味に怯むこともなく平静を保ち、騒ぎを起こさんとしたシエナ様の出鼻をくじかれた。咄嗟にあそこまで上手く立ち回れるとは、おみそれいたしましたわぁ」

「……ありがとうございます。でも、騒ぎだそうとしなかったのは、イ・リエナ様も同じでしょう?」

指摘すると、イ・リエナ様が笑みを深めた。

思わせぶりで蠱惑的な表情に、私は推測を確かめることにする。

「イ・リエナ様は、あの塩辛い料理のこと、予測していたんじゃないですか?」

「どういうことかしらぁ?」

「私があの料理を口にする直前、イ・リエナ様の視線を感じました」

「気のせい……と言いたいところですけど、鋭いですわね」

誤魔化すこともなく、あっさりと認めるイ・リエナ様。

おそらく彼女は、シエナ様の不審な動きを察知していたはずだ。

共犯とまでは思わないけど、積極的に妨害する気もなかったに違いない。

今日の食事会は、ケイト様とイ・リエナ様の連名だ。

本来は仲のよろしくない二人が協力して準備にあたっていた以上、摩擦やすれ違いも多いはずだった。

おそらくは、その隙をつかれるようにして、ケイト様もシエナ様の嫌がらせを見逃してしまったのだ。

……ただし、シエナ様が欺けたのは迂闊なところのあるケイト様だけで、イ・リエナ様には勘づかれていたようである。

「レティーシア様、どうなさいます？　子猫ちゃんの、シエナ様の悪だくみに気づいていながら放置していた妾のこと、お怒りになられますか？」

「……いいえ、そのつもりはありませんわ。イ・リエナ様の立場を考えれば、無理のない対応だと思いますもの」

イ・リエナ様が、それでもシエナ様を泳がせていた理由。

一つ目は、ケイト様とイ・リエナ様の連名の食事会とはいえ、主に会場と料理を用意したのはケイト様だ。

その場で出された料理に不備があったとしても、イ・リエナ様の落ち度は少ないと捉えられ、さしたるダメージはないはずだった。

それにそもそもの話、イ・リエナ様とケイト様は次期王妃の座を争う、いわば政敵だった。

ケイト様が自らの身内であるシエナ様に足を引っ張られようとしていたら、傍観するのが当然だ。シエナ様の企みを事前にくじき、わざわざ彼女の恨みを買う義理もないのだった。

……そしておそらく、もう一つ理由があるはず。

私がどうシエナ様の嫌がらせに対処するか、見極めたかったからに違いない。

シエナ様から恨みを買うのを避け、ついでに私の反応を観察する。

そんな思惑の結果が、今日のイ・リエナ様の態度のようだった。

「……それにイ・リエナ様だって、私に対してはそれなりに悪いと思ってくださったんでしょう？　だからこそ、自分だけ塩辛すぎる料理を避けることもなく、手をつけていたんじゃないのですか？」

今と同じ、ゆるゆるとした笑みを浮かべたままだったけれど。

確かにイ・リエナ様は、あの刺激的すぎる料理を口にしていた。

さすがに私一人に、あの味覚にも健康にも悪そうな料理を食べさせるのは、申し訳ないと思っていたのかもしれない。

「あらぁ、そこまでばっちり推測されていたのは、少々予想外ですわね。レティーシア様、ご慧眼(けいがん)です」

褒められたが、素直に喜べないところだ。

イ・リエナ様は狐だ。

その姿形だけではなく、比喩的な意味でも、賢く人を欺く狐という表現がぴったりだ。

山猫族でありながら、全く猫が被れていないケイト様姉妹とは、色々な意味で正反対だった。

◇◇◇

ケイト様の離宮を辞した後。

私は塩辛くなってしまった口の中を慰めるため、軽食を作ることにした。

速度を優先し、そのままでも食べられる食材を組み合わせることにする。

手早く着替え、厨房へと顔を出した。

「ジルバートさん、仕込んでおいたパン、焼き上がりましたか？」

「はい！　美味しそうに出来上がっていますよ」

ジルバートさんの視線の先にあったのは、濃いめのキツネ色に焼き上がったパンだ。

前世で馴染み深い、朝食のメイン選手だった食パン。

明日の朝食のお楽しみにと作った食パンだけど、せっかくなので焼きたてを食べることにする。

ほどよく冷め余分な熱も取れていたようで、ちょうど食べごろのようだった。

「その食パンというパン、面白い焼き方をするのですね」

ジルバートさんがしげしげと、食パンの横に置かれた金属製の長方形の箱型を見つめていた。

食パンは発酵させた生地を、型に入れて焼き上げ作っている。

基本、この世界のパンはこねた生地の形を整え、そのまま焼き上げる方法だ。ジルバートさんの目には、食パンが新鮮に映っているようだった。

「焼く際に型を使うのは、ケーキに通じるものがありますね。ケーキ型を応用すれば、円柱形や様々な形を作ることが可能に……？」

私が『整錬』で作った食パン型を眺めつつ、ぶつぶつと呟くジルバートさん。

彼の頭の中では今、私がこの世界に持ち込んだ食パン作りを起点に、いくつものアイディアが練り上げられているようだった。

熱心なジルバートさんからどんなアレンジ案が飛び出すか楽しみにしつつ、さっそく食パンを切り分けていく。

よく研いだ包丁を軽く火で温めパンに当て、小刻みに動かし切っていく。

現れた白い断面はふんわりと柔らかく、これだけでもとても美味しそうだ。

……しかしここは、あえてひと手間付け加える。

食パンと言ったらトーストだよね！

ということで、網焼きトーストを作ることに決定だ。

あらかじめ網を温めておき、片面ずつこんがりと焼いていく。

焦げすぎないよう注意しつつ、香ばしい匂いを楽しむ。

期待が高まる瞬間だ。

「バターに苺ジャム、っと」

網から下ろした食パンに、食卓上でトッピングを加えれば完成だ。

バターがじゅわりと溶け、パンの表面を滑り香りを広げていく。

軽く染み込ませるように塗り付け、口を開き噛り付いた。

「これぞ朝の味っ……！」

昼過ぎだけど、今だけここは朝食だ。

バターが香りたち、さっくりとした食感が歯に当たる。

少し力を込め歯を立てると、柔らかな中身が舌に触れた。

香ばしさを堪能しつつ、苺ジャムへと手を伸ばす。

食パンの表面に塗り伸ばし、そのジャムを接着剤がわりに、スライスした苺をトッピングだ。

「……いっちゃんの分も、ちゃんとあげるわよ？」

苺ある所にいっちゃんあり。

予想通り、目ざとく厨房へと駆け付けたいっちゃんにも、苺トーストをわけてやる。

初めて見る食パンを、やや警戒するように眺めるいっちゃん。

ちょいちょいと、爪をひっこめた前足で突っついていたが、食欲には抗えなかったらしい。

器用に肉球で食パンを支えかぶりつくと、上に乗せられた苺を落とさないよう、一生懸命食べていた。

私も同じように、紅く輝くジャムを塗った食パンを口に運ぶ。

弾けるような苺の果肉に、滑らかなジャムの甘さ、サクサクした食パンの舌触り。

ルシアンに用意してもらった紅茶を空ける頃には、気づいたら丸二枚を完食していた。

いっちゃんも満足したようで、さっそく私の膝の上で眠っている。

ヒゲについた苺ジャムを取ってやると、ぴくぴくと鼻先が動かされる。

目覚める気配のないいっちゃんを柔らかく撫でていると、口の中の塩辛さは完全に消え去っていた。

「ケイト様にシエナ様、か……」

いっちゃんの耳を見ていると、山猫族の二人の令嬢を思い出す。

ナタリー様から聞いていた通り、なかなかに仲の悪い姉妹のようだった。

母親が違う以上、ある程度は仕方のないことかもしれないけど、姉妹喧嘩に巻き込まれた身としては、たまったものではなかった。

「しまった……イライラが復活してきたわね……」

シエナ様の顔を思い浮かべると、うっかりいら立ちがぶり返した。

もっともこの程度なら、少しすれば収まるはずだけど……。

「どうせなら、有効活用しましょうか」

厨房にとって返すと、まだ夜の仕込みには早く空いている。

幸運なことに、食パンの作成に成功していたのだ。

ならば量を作り離宮の使用人達にも布教すべく、生地作りに打ち込むことにする。

混ぜる。こねる。こねる。こねる。叩きつける。叩きつける。叩きつけていく。

叩きつける時についでにこう、イライラとかムカつきとか、えいやと気合いを入れ、勢いよく台へと叩きつけていく。

普段なら面倒な作業だけど、今の私にはちょうどいいストレス発散だ。

ノリノリで生地をこね叩きつけていると、途中から料理人達も参加し、わいわいと食パンを作ることになった。

――そんな風にして、つい作りすぎてしまったわけで。

出来上がったたくさんの食パンは、使用人達だけでは食べきれず、離宮の工事にやってきていた、大工さん達にも提供されることになったのだった。

四章　サンドイッチとぐー様

「みなさーん！　お昼の準備ができましたよ〜〜〜〜‼」

私の隣の侍女の掛け声に、大工道具を握る男性達が振り返った。

「お、もうそんな時間か」

「今日は何が出てくるんだろうな？」

「楽しみだ」

「鶏肉の香草焼きが美味かったな」

「俺は断然川魚の蒸し焼きだな」

軽口を叩きながら、続々と集まってくる大工達。

力仕事ということもあり、犬耳や猫耳を持つ獣人の大工が多かった。

ドッグランを整地し柵を作ってくれている彼らの服には、木くずや砂埃がついている。

いちいち綺麗にして室内に入るのは面倒ということで、昼食はテーブルを外に持ち出し、とってもらうことになった。

体を動かす仕事ということで、大工達の食欲はすごかった。

私の離宮は、かなり余裕を持った人数の使用人が配備されているが、ここ数日、昼時の料理人はてんてこ舞いだ。

ジルバートさんも忙しそうに、同時に嬉しそうに厨房で腕を振るっていた。

空腹は最高のスパイスというものか、肉体労働をこなす大工達は、とても美味しそうに料理を食べてくれる。料理人にとって、そんな大工達の食べっぷりは嬉しいようだった。

「さてさて、今日のお昼のお楽しみは、っと……」

大工頭のカーターさんが、テーブルの上を眺め首を傾げた。

「これはパン、ですかね……？」

「はい。サンドイッチという料理です」

「へぇ。これは手づかみで大丈夫で？」

「手でつかんで、がぶりと行っちゃってください」

「ありがてぇ！　食べやすいのはいいことですな」

カーターさんがさっそく、サンドイッチを手に取った。

サンドイッチは地球の、イギリスに実在した伯爵の名前が由来だ。

何かと忙しかったサンドイッチ伯爵が、手を汚さずささっと食べられる料理としてありがたがったため、巡り巡ってサンドイッチという名前になったらしい。

大工達の昼休みの時間は限られている。

細かい作法を気にせず、手軽に食べられるサンドイッチはおおむね歓迎されているようだった。

「では、俺はまずこれから、っと」

カーターさんの持つサンドイッチは食パンの耳を落とし長方形に切ったものに、薄くバターが塗ってある。

他の大工達も最初は物珍しそうにしていたけど、食べ方と挟まれた具材を説明すると、各々サンドイッチに手を伸ばした。

四種類ある具材のどれから手を付けるかに、好みや食べ方の違いが出ているようで面白い。

「美味い！　ベーコンに葉野菜にトマト！　一口で食べられていいですね！」

大きく口を開け、豪快にかじりつく男性。

カリカリのベーコンに、しゃっきりとした葉野菜、熟したトマトの組み合わせは鉄板だ。

断面にのぞく赤と緑も食欲をそそるようで、次々平らげられていった。

「俺はこっちの、香草焼きとチーズを挟んだものが一番ですかね」

「ソーセージのも美味しいぞ！」

感想を口にしながら、大工達がサンドイッチを頬張っていく。

大工達には、昼食の感想を毎日教えて欲しいと伝えていた。

最初は恐縮していた彼らだったけど、その日の感想を元に、翌日以降の献立を決めたいと告げると、それぞれの感想を伝えてくれるようになった。

大工達に提供される昼食は、私の提案したレシピを元に、ジルバートさん達と作り上げたものだ。

この世界では目新しい料理が出されることも多く、期待している大工も多いようだ。

肉体労働の合間の息抜きとして、今日はどんな昼食が食べられるのかと、楽しみにしてもらえているみたいだった。

そんな彼らに、今日出したサンドイッチは四種類。

ベーコンと葉野菜、トマトを挟んだもの。

香草を刻み入れた薄焼き卵とチーズを挟んだもの。

それに、ケイト様の離宮での料理を参考にした、薄切りにしたソーセージとザワークラウトを合わせたものに、デザート代わりの苺ジャムとクリームを挟んだものだった。

大工達には、ベーコンのサンドイッチと、ソーセージのサンドイッチがとりわけ好評なようだった。初夏に差し掛かり気温の上がる中、汗を流し働いているので、肉や塩気のある具材が人気なのかもしれない。

次にサンドイッチを出す時には、具材に肉を多めにしておこうと考えていると、給仕をしていたメイドの一人に、若い大工が声をかけていた。

「アンナちゃん、今日俺の仕事が終わった後、一緒にお話ししないかい？」

「すみません。今日は夜も、離宮内で仕事がありますので……」

「ちぇー、残念。今日こそはいけるかと思ったんだけどな～」

その大工、ハンスは若手ながら確かな技術を持っており、顔立ちもそれなりに整っていた。

そのおかげで自信家なのか生来の女好きなのか、昼食時にメイドにお誘いをかけている。

相手が断れば深追いしないので強くとがめていなかったが、毎日よくやることだった。

「ハンスさん、今日もご苦労様ですね。でも、うちのメイドに粉をかけるのは、ほどほどにして

ください ね？」

「レティーシア様！　本日も麗しく、ご機嫌いかがでしょうか？」

軽く注意するも、一切めげる気配のないハンスさんだった。

どうも彼は、根っからの女好きらしい。

さすがに王妃である私に言い寄ることはなかったけど、私を恐れることも無く、会話の機会にはこれでもかと美辞麗句を並びたてていたのだが――

「ひ、ひえぇっ⁉」

ハンスさんが顔をこわばらせている。

何事？

よく見るとハンスさんの視線は私を素通りし、更に背後へと向けられていた。

「お、狼っ⁉」

「ぐー様⁉」

私の横へと、見事な銀の毛並みを輝かせやってくるぐー様。

どことなく不機嫌そうで、威圧するようハンスさんを睨んでいた。

「レティーシア様、その狼は？」

「狼番の方が飼ってらっしゃる狼だから、心配ないわ」

「狼番の……！　俺、初めて生で見ましたよ……！」

しげしげとぐー様を見るハンスさん。

純真な少年のようにぐー様を見つめている顔が少し面白い。

この国で育った者の多くにとって、狼番の育てる狼は憧れの存在だ。女好きのハンスさんも、今だけは私やメイドのアンナに対する興味より、ぐー様への関心が勝っているようである。

「狼番の狼にまで慕われるなんて、すごいですねレティーシアさ――うおっ⁉」

ぐー様が、ハンスさんの手元を嗅いでいる。

サンドイッチに興味を示しているようで、ずいずいと鼻先を寄せている。

食べたいのだろうか？

ぐー様が食べ物に興味を示すのは珍しい。

……以前、狼番のエドガーさんが狼達に、ご褒美代わりの干し肉を与えていることは何度かあった。喜びはしゃぐ狼達だったが、その場に居合わせたぐー様は特に反応することもなく、

『私は肉で釣られる安い狼ではないのだ』

と言わんばかりに落ち着いた態度のままだった。

今のように積極的に、食べ物に近づいていくのを見るのは初めてだ。

「あっ、食べた」

ぐー様がテーブルの上へと首を伸ばす。

狙いは、大工達のお代わり用にと取り分けておいた、誰のものでもないサンドイッチだ。

理解して選んだのなら、相当頭がいいようだ。

ぐー様が口にした、香草入りの薄焼き卵とチーズを挟んだサンドイッチ。

玉ねぎなど、狼や犬に毒性のある具材は入っていないはずだ。

忙しい料理人達を手伝い、私自ら作ったものだから間違いない。

くわえたサンドイッチを、器用にかみ砕くぐー様。咀嚼しながら碧色の瞳を細める姿は、まるで料理を味わう人間のようだ。

大きな口にみるみるパンと具材が消え、あっという間に食べつくしてしまったようだった。

「ぐうぅっ」

「……足りないの？」

お代わりをよこせとばかりに、私とテーブルの上を交互に見るぐー様。

……どうしよう？

ついぐー様の勢いに負け、サンドイッチを一切れ食べられてしまったけど、追加であげるのはやめた方がいい気がする。

狼番の人達に許可を得ず、これ以上食べ物をあげるのはためらわれる。

ぐー様からの圧力を感じつつ迷っていると、背後から足音が聞こえた。

「ぷ、くくっ……まったく、何をやってるんですか……」

グレンリード陛下の腹心のメルヴィン様だ。

甘い空色の瞳を細め、愉快そうに笑っていた。

ぐー様相手に戸惑っている私の姿が、おかしかったのかもしれない。

「違いますよレティーシア様。あなたのことを笑ったわけではありません」

内心を言い当てられ、一瞬ぎくりとする。

陛下に重用されているだけあり、鋭い青年のようだった。

「私が笑みを浮かべたのは、そちらの狼、ぐー様に対してです。いつも人前では凛々しいのに、今のその姿はなかなかに見ものですね、っと」

言葉を切り、メルヴィン様がひらりと半歩後ずさる。

不機嫌そうに唸(うな)るぐー様から、素早く距離を取ったようだ。

「さすがメルヴィン様、ぐー様のことをよくご存知なのですね」

「付き合いが長いですからね」

「付き合いが長い、ですか……」

ならば、と。

一つ疑問をぶつけてみることにする。

「ぐー様の両親や兄弟がどこにいるのか、メルヴィン様はご存知でしょうか？」

エドガーは幼い頃、ぐー様によく似た碧色の瞳の銀狼に助けられたらしかった。

その狼の手がかりになるかもと、聞いてみたのだったけど。

「その点に関しては、私からはお答えできませんね」

「……そうですか」

ぐー様、やはり何かわけありなのだろうか？

過去や家族のことが気になったけど、これ以上情報を引き出すのは難しそうだ。

穏やかな笑みを浮かべるメルヴィン様だけど、イ・リエナ様や私のお兄様その一と同じ匂いがする。笑顔が鎧(よろい)であり、刃でもある、一筋縄ではいかない相手のようだった。

「メルヴィン様は、今日はどのようなご用向きでこちらへ？」

「陛下が明日の夜には時間が作れるとのことでしたので、お誘いの手紙をお持ちしました」

「まぁ、ありがとうございます。メルヴィン様自ら、このような辺鄙(へんぴ)な離宮に足を運んでいただき、申し訳ありません」

「お気になさらず。この離宮を与えたのは陛下ですし、目的はそれだけではありません。ちょうど狼番から、ぐー様がこちらの離宮に来ていると聞いたので、久しぶりに顔を見に来たんですよ」

「そうだったんですか……」

メルヴィン様の視線を追うようにして、ぐー様を見る。

ばつの悪そうな、どこかいじけたような様子で、こちらに背を向けて座っていた。

ぴくぴくと耳が動いているので、こちらの会話が気になっているのかもしれない。

「ぐー様、少し意地悪なところもあるけど、優しく可愛らしい子ですよね」

「……可愛らしい……」

……復唱するメルヴィン様が、笑いをかみ殺すような表情をしているのは気のせいだろうか？

「はい。私の気持ちに寄り添い、豊かなその毛皮を撫でさせてく――きゃっ？」

『それ以上言うな‼　言うなったら言うな‼』

頭突きをするように、ぐー様が私に突進してきた。

手加減してくれているのか痛くはなく、体に当たるもふもふの毛皮が気持ちいい。

「ふふ、ずいぶん懐かれてるようですね」

「そうでしょうか？」

「ぐー様は気に入らない相手には、近づくことさえ許しませんからね」

メルヴィン様の言葉に、思わず頬がにやけそうになる。

気難しいぐー様に、少しでも心を許してもらえたなら嬉しかった。

そんな私の思いが伝わったのか、ぐー様も頭突きをやめこちらの顔を見ている。

「メルヴィン様、ぐー様達狼にこの料理、サンドイッチをあげても大丈夫か、狼番のモールさんや、責任者の方に聞いていただけないでしょうか？」

「承知いたしました。……話は変わりますが、そのサンドイッチを、明日陛下の元にも持参してもらうことは可能でしょうか？」

「陛下に？」

少し意外な依頼だ。

サンドイッチの味にはそれなりに自信があるけれど、大工達に出した料理と同じものを、国王である陛下にお出ししても大丈夫なのだろうか？

そんな私の疑問に、聡(さと)いメルヴィン様はすぐ気づいたようだった。

「大丈夫です。陛下はそのようなことは、気になさらないお方です。もし不興を買ったら、サンドイッチを勧めた私の名前を出していただければ大丈夫です」

「……陛下にお楽しみいただけるよう、腕を振るいたいと思います」

これは気合いを入れて作らないとね。

手を抜くつもりはなかったけれど、メルヴィン様に駄目押しをされてしまった。

メルヴィン様の言葉は誠実で親切だが、同時に私にプレッシャーをかけるものでもある。

どこまで狙っているかはわからないけど、やはり食えない相手のようだった。

◇◇◇

「……穴があったら埋まりたい……」

国王の自室にて、グレンリードは額に手を当て呟いた。

レティーシアの離宮で晒した醜態を思い出すと、うなだれずにはいられなかった。

今日は昼前の仕事が予定より早く終わったため、昼食までの暇つぶしにと、レティーシアの監視へと向かったのだったが、

「まさか陛下がああも食べ物に興味を示すとは、私も意外でしたよ」

「……」

愉快そうなメルヴィンに、反論することはできなかった。

昼食前で空腹を覚えていたのは事実だ。

だが自分はそもそも、食全般への欲求が薄かった。

狼の姿に変じ本能の勢いが増そうと、今までは食欲に負けたことはなかった。

今日だって最初は、何やら若く見目の良い男と話すレティーシアの姿が気になったのが発端だ。気づけば、二人の間に割り込むように、体を突っ込んでしまっていた。そうして二人の会話を聞いているうち、サンドイッチに心惹かれてしまったのだ。

グレンリードの特殊な嗅覚により、そのサンドイッチはレティーシアの作ったものだとわかった。

……彼女の作る料理に、心惹かれている自分がいるのは認めよう。

だがだからといって、ああも行儀悪く食らいつくとは、人間の自分のプライドが許容できないのだった。

「……やはりここは、自ら穴を掘り埋まるべきか？」

「狼の姿に化ければ、穴掘りも楽かもしれませんね。私も手伝いましょうか？」

「……自らが埋まる穴を掘りたいとは、奇特なやつだな」

「え、陛下、私も埋めるおつもりなんですか？」

「先ほどの私の姿を見ていただろう？　おまえも埋める対象だ」

真顔で言ってのけたグレンリードに、

「横暴です。証拠隠滅のために道連れなんて暴君ですよ」

メルヴィンが笑顔で肩をすくめたのだった。

◇　◇　◇

ぐー様にサンドイッチを食べられてしまった翌日。

陛下に献上する料理を作るべく、私は厨房に丸一日こもっていた。

ジルバートさん達料理人の助けもあり、なんとか時間までに形にすることができた。

彼らに礼を言い、陛下に夕食を献上すべく、ドキドキしながら本城へと向かうことにする。

馬車に乗り込む前、フォンが一声、私を応援するように鳴いてくれたのが嬉しかった。

「こんばんは、陛下。本日は陛下に夕食を饗する名誉をいただき、光栄に思いますわ」

「そうかしこまるな。本日の夕食会は、私のわがままのようなものだからな」

挨拶を交わしつつ、陛下と食卓を挟んで相対する。

私の背後には、陛下とも面識があるルシアンとジルバートさん。

席に着くとまず、ジルバートさんが手にした盆の蓋を取った。

「それが、サンドイッチというものか……？　聞いていた形と、少し異なっているようだが？」

「持参する途中で形が崩れないよう、工夫させていただきました」

パンを下にし皿の上に並べられた、一口大の正方形のサンドイッチ。

具材とパンを縫い留める様に、垂直に細い串を刺し、上部に飾りをつけてあった。

私の離宮からこの場までは、馬車を使って移動している。

振動でサンドイッチが崩れてしまわないよう、一工夫する必要があった。

そこで思い出したのが、前世でお弁当の料理に刺していたカラフルなピックだ。

あらかじめサンドイッチを貫くようピック代わりの串を刺しておけば、簡単にはバラバラにならないはずだ。

「なるほど。確かにこれなら、多少距離があろうとも、美しい形のまま持ち運ぶことができるな」

「ええ、上手くいったようです。お口にする際には、串を抜いてくださいませ」

「ではさっそく、いただこう。……これはもしや、狼？」

陛下が、串の上部を見つめていた。

鉄製の串は、私が『整錬』で作ったものだ。

上部の先端には、狼のシルエットを象った薄い金属板の飾りがついている。

「私は離宮で、狼番が世話をする狼達と戯れさせていただいております。そして国王である陛下は、狼番を統括するお方です。日頃、愛らしい狼達と触れ合わせていただいているお礼の気持ちもこめ、狼の飾りをつけさせていただきました」

「狼、か……。おまえは大層、狼達を可愛がっているようだな？」

「はい。賢く愛らしく、撫でていると心が洗われるようで、とても落ち着きます」

もふもふ素晴らしいです大好きです！

と脳内テンションのまま告げるわけにもいかないので、それっぽく言い換えることにした。

オブラートは大切よね？

「……落ち着く？　よく変な歌を歌っていたよな……？」

陛下が口を開いたが、声が小さく聞き取れなかった。

「陛下、なんでしょうか？」

「いや、見事な細工だと思ってな。この飾り、もしやおまえが自作したのか？」

「『整錬』を使い、作らせていただきました。なので長くは持ちませんが、今日いっぱいは大丈夫なはずです」

私の言葉に陛下は頷き、串を引き抜きサンドイッチを口にした。

陛下が最初に手を伸ばしたのは、鶏のもも肉の香草焼きを、薄く切って挟んであるものだ。

口にした時、少しだけ陛下の目元が緩んだ気がした。

どうやら気に入っていただけたようで、その後陛下は、順番にサンドイッチに手を伸ばしていく。九切れのサンドイッチは、全て胃袋に収めてもらえたようだ。

「陛下、いかがでしたか？　サンドイッチはそれぞれ具材を変えてありましたが、お好みのものはありましたか？」

「そうだな……。最初に食べた香草焼きを挟んだものと、ソーセージを挟んだものが、特に美味しく思えたな」

……よかった。

美味しいという言葉、それに陛下の答えが嬉しかった。

「陛下、ありがとうございます。香草焼きとソーセージのサンドイッチを気に入られたということは、陛下は鶏肉や豚肉がお好きということでしょうか？」

「私の好みか……」

陛下が言葉を切り、少しうつむいた。

「あまり考えたことはなかったが、言われてみれば魚や牛肉より、鶏肉や豚肉の方が好きかもしれないいな」

うーん、好みって、改まって考えるようなものだろうか？

陛下、今まで食に興味がなかったと仰っていたけど、かなり重度の無関心のようだった。

「わかりました。陛下、もしよろしければ、今度こちらを訪れる際に、鶏肉や豚肉を使った料理をお持ちしてもよろしいでしょうか？」

「……なぜ、そのような申し出を？」

「私にあの離宮を与えてくださった、お礼のようなものですわ」

食に興味を持って欲しいと、ただ言葉にして伝えたところで、私と陛下の関係性では無意味だ。

陛下からしたら大きなお世話かもしれないが、食事を楽しんで欲しかった。

食べる楽しみは、人生の喜びの半分だという人もいるくらいだ。

若くして王座に就き、気苦労も多いだろう陛下だからこそ、日に三度の食事が義務ではなく、ささやかな楽しみになったらよいと思う。

……ふと思い出すのは、昨日、美味しそうにサンドイッチを頬張っていたぐー様だ。

いつもは気難しげなぐー様も、あの時は雰囲気が和らぎ、心が躍っていたようだった。

陛下にもぐー様と同じように――というのは失礼な表現なのだろうけど――食事を楽しんでもらえたらいいなと、その手助けが少しでもできたらいいなと思った。

「陛下、いかがでしょうか？　ご迷惑でしたら、遠慮せず仰ってください」

大きなお節介だっただろうか？

不安になり聞いてみたところ、

「そんなことはない」

すぐさま否定の言葉が返ってきた。

「おまえさえよければ、次からも料理を持ってくるといい。私は食に疎いから、望み通りの反応が返せるとは思えないが、それでもいいのだな？」

「はい、大丈夫です」

食に興味の乏しい陛下だからこそ、だ。

食事を義務と見なしていた、長年の習慣を変えることは難しいかもしれない。

だが少しでも、食の楽しみを共有できたら、それは嬉しいことだと思うのだ。

幸い私には時間があり、ジルバートさん達という心強い味方もいた。

王妃として治世を助けたり、伴侶として愛を囁(ささや)くことはできなくとも、私なりに陛下の力になりたいと思った。

次回の陛下への訪問は、どんな料理を献上しよう？

陛下に今日好評だったサンドイッチは、鶏肉の香草焼きを挟んだものとソーセージを挟んだものだ。

鶏肉もしくはソーセージを使うのは決定として、付け合わせは何を用意しようか？

何をお出しすれば、美味しいと感じてもらえるだろうか？

不安半分期待半分、心が浮き立ったところで、ふと我に返った。

料理のことを考えるのは楽しいが、今はまだその時ではない。

今日私が陛下の元に来たのは、料理のためだけではなかった。

サンドイッチを美味しいと仰ってくれた陛下のお言葉が嬉しくて、つい忘れてしまっていたけれど、私は陛下にうかがいたいことがいくつかあった。

多忙な陛下を長く引きとどめるのも申し訳ないため、手早くお話を聞かせてもらおう。

「陛下、持参した料理も食べ終えていただいたようですし、少しお話をさせていただいてもよろしいでしょうか？」

「ケイトとイ・リエナのことか？　先日、彼女達に食事会に招かれ、ずいぶんと喉が渇く料理を出されたそうだな？」

「……ご存知でしたか」

喉が渇く。

すなわち、ケイト様の離宮で紛れ込んでいた、過剰な塩気を持つ料理のことだ。

大事にしないよう、私とイ・リエナ様は口裏を合わせている。

ケイト様だって身内争いのごたごたを表に出さないよう、隠蔽に取り組んでいただろうが、陛下には筒抜けのようだった。

陛下の擁する情報網が優秀なのか、ケイト様の隠蔽工作が稚拙だったのか……。

推測するしかないが、おそらく両方の気がした。

「ちなみに陛下は、嫌がらせの指示者は、どなただと思われていますか？」

「まず間違いなく、ケイトの異母妹のシエナの仕業だろう。彼女は以前に会った時も、言動が不穏だったからな」

「……陛下、シエナ様と直接お話しされたことがおありなのですか？」

私は記憶をさらった。

ケイト様は異母妹であるシエナ様を嫌い、たいそう警戒していたと聞いている。

シエナ様がグレンリード陛下に気に入られ、万が一にも王妃候補の座を奪われるようなことがないよう、二人の接触に神経をとがらせ、妨害していたようだった。

「以前に舞踏会に招かれた際、すれ違いざまに言葉を交わしたことはある」

「そうだったのですか。ちなみにその時、ケイト様はどうしてらっしゃったんですか？」

「私がシエナと言葉を交わしているのに気づくや否や、尾を膨らませ割り込んできたぞ」

尻尾をぶわりと逆立て、異母妹へと駆け寄るケイト様。

とても想像しやすい光景だった。

「ケイト様が駆け付けたということは、シエナ様とは少ししかお話しできなかったのですか？」

「あぁ、そうだ。短い接触だったが、シエナの本性を推測するには十分だったからな」

確かにシエナ様、猫かぶりが甘々だったけど、陛下も鋭いようだ。

国王だけあり、その手の勘は優れているのかもしれない。

シエナ様の猫被り、同性であり同じ貴族である私にはバレバレだが、騙(だま)される者もそれなりにいるらしい。異母姉のケイト様が感情を爆発させがちなせいで、相対的にシエナ様が良く見え、慕っている者もいるようだった。

「レティーシア、おまえから見たシエナは、どのような人物に映った？」

「優しげで楚々としたご令嬢……を本人は演じていらっしゃるおつもりのようですが、詰めが甘いように見受けられました。本来の気性は気が強く、野心家だと思われます」

「私と同じ見立てだな。シエナは一人前に猫を被っているつもりの、ただの子猫に違いない」

「子猫、ですか……。子猫とて爪は備えているのですから、気を抜かないようにしておきますね」

「あぁ、そうしておいてくれ。……おまえのように、ケイトも用心深ければ良かったのだがな」

陛下がふいと視線をそらした。

見つめる方角は、東。

ケイト様姉妹のことを考えているのかもしれない。

「陛下、お聞かせください」

少し踏み込んだ質問をすることにする。

「私が去った後、王妃にどなたを据えるおつもりか、既にお心を決めていらっしゃいますか？」

私は二年間だけの、期間限定のお飾りの王妃だ。

陛下が私の次に誰を王妃に選ぶつもりか、聞いておく必要がある。

「ナタリーが事実上脱落した今、実家の権力を鑑みればケイトの一強状態だろうな」

「……その仰りようですと、陛下のお考えは別なのですね？」

「さぁ、どうだろうな？　だが、おまえとてわかるはずだ。ケイト個人の資質は、王妃たるに十分だと思えるか？」

「……その点に関しては、おそらく陛下と同意見ですね」

明言は避けたが、陛下だってわかっているはずだ。

ケイト様の気性は王妃として、それ以前に貴族に向いているようには思えなかったのである。

「ナタリー様でもなく、ケイト様も選び難い。そうなると残るは、イ・リエナ様でしょうか？」

……本当は、王妃候補はもう一人いる。

南の離宮に住まう彼女は、しかしまず次期お妃に選ばれることは無いはずだ。

実家の力が弱く、他にもいくつかの理由がある彼女よりはまだ、イ・リエナ様が選ばれる可能性の方が高かった。

イ・リエナ様の出身である北部地域は、雪深く他地域との交流が閉ざされがちだ。

一方で内部での結束は固く、領地内では獣人と人間の関係も比較的良好らしい。

実家の権勢こそケイト様に劣るが、本人の王妃の資質に関しては、ケイト様より遥かに恵まれているように見える。

「イ・リエナか……。消去法ではそうなるが、あいつは嘘をついているからな」

「嘘を？」

いったいどんな嘘をついているのだろうか？

気になったが、陛下にそれ以上詳細を教えてくれる気配はなかった。

「あいつの嘘を責めるつもりはないが、おまえも気を付けるといい。嘘とは、それを騙（かた）る相手がいて初めて、口にすることになるものだからな」

「……ご忠告、ありがとうございます」

イ・リエナ様は嘘をついているが、陛下は悪く思っていない。

嘘の内容について、今のところピンとくるものがなかったが、気を付けることにする。

あのイ・リエナ様の嘘を見破っているあたり、陛下はかなり鋭い方のようだった。

◇◇◇

陛下の忠告を受けた後、私はメルヴィン様に見送られ馬車へと向かった。

「メルヴィン様、本日はありがとうございました」

「……私は特に、感謝されるようなことはしていないはずですが？」

メルヴィン様が首を傾げていた。

演技だろうか?

とりあえず、理由を説明し感謝を伝えておくことにする。

「今日、陛下にサンドイッチを献上するよう提案してくださったのは、メルヴィン様でしょう? おかげで、陛下の食の好みを知ることができたのです」

最初からこうなることを見越して、サンドイッチの献上を勧めてくれたように思えた。

メルヴィン様がサンドイッチを見たのは、昨日が初めてのはずだ。

なのになぜサンドイッチを推していたのか、少し不思議だったが、陛下の好みを私に知らせるためと考えれば納得だ。

メルヴィン様は初見で様々な具を挟めるサンドイッチの性質を把握し、すぐさま活用している。

尊敬と感謝の気持ちを伝えると、メルヴィン様が微笑んだ。

「そういう捉え方も、あるかもしれませんね。ですが、その好機をつかみ取ったのは、レティーシア様のお人柄と工夫があってのことです。感謝の言葉は、私にはもったいないと思います」

はぐらかすように、流暢に言葉を続けるメルヴィン様。

美しいが、捉えどころのない微笑みだった。

◇◇◇

執務室の椅子に腰かけたグレンリードは、虚空へと視線を漂わせていた。

『陛下はとても勘の鋭い、観察力に優れたお方なのですね』


尊敬のまなざしを向けてきた、レティーシアの姿を思い出す。

聡明な彼女に褒められ、悪い気はしなかった。

悪い気はしないが、だからこそ少し、居心地が悪い気がする。

「私は、そんな大層な人間ではないからな……」

グレンリードは呟いた。

卑下でも謙遜でもなく、グレンリードにとってはただの事実だ。

シエナの本性を僅かな接触で見抜いたこと。

﨟長(ろうた)けたイ・リエナのついた『嘘』に気づいたこと。

称賛されるべき事柄かもしれないが、グレンリードの場合は事情が異なった。

グレンリードだけが感じられる、『匂い』のおかげで気づいたからだった。

（観察力や洞察力の賜物(たまもの)ではなく、ただ鼻がいいだけだからな……）

グレンリードは、王家の祖である狼の精霊に変じることのできる先祖返りだ。

狼への変化能力など、只人にはないいくつかの能力を有しており、特殊な嗅覚もその一つだ。

その嗅覚を確かめるように、グレンリードは息を吸い込んだ。

嗅ぎなれた自室の匂いに、異質な匂いが混じっている。

発生源は、レティーシアが土産にと置いていった、サンドイッチの詰められたバスケットだ。

「あいかわらず、妙な匂いがするな……」

他では嗅いだことのないその香り。

それはレティーシアの香水や、あるいは体臭といったものではなかった。

詳しくはグレンリード自身もわかっていなかったが、どうも物質的なものではないらしい。

形なきもの。

人の心や精神——あるいは魂といった何かを、グレンリードの鼻は嗅ぎ分ける。

不可思議なその感覚は、あえて言うなら嗅覚に近いので、『匂い』と表現しているにすぎない。

グレンリードの生まれた王家には、稀に先祖返りが生まれていた。

先祖返りの多くは国王となり、おおむねその治世は栄えていたようだ。

（もっとも、それも当然なのかもしれないがな……）

相対した人物が、どれほど言葉や表情に気を配っていようと関係ない。

『匂い』によってその嘘や本性を見抜く、理不尽ともいえる能力を持っているのだ。

『匂い』の察知能力が万能ではなく、嘘を見破ることができないことも多くとも。

逆に、『匂い』が相手の嘘や裏切りを伝えてきた時、予想が外れたことは決してなかった。

それだけで王族にとっては、途轍もなく有用な能力に違いない。

グレンリードだって、若くして玉座に上って以来、その能力の恩恵を大いに受けていた。

一国の命運をあずかる以上、『匂い』を活用することに躊躇はなかったが——

「ある意味、ズルをしているようなものだからな……」

この特殊な嗅覚は、グレンリードが生まれつき備えていたものだった。

生来の才能を使うのは当然だという考えと同時に、心の隅に少しだけ。

後ろめたさと、かさぶたとなった過去の傷があるのも事実だった。

(先祖返りは恩恵であり祝福であり、同時に呪いなのかもしれない……)

もし、自分が先祖返りではなかったとしたら、どんな人生を歩んでいたのだろう？

父母との関係や、父亡き後の王冠の行方だって、変わっていたのかもしれない。

優秀で自分を可愛がってくれていた異母兄の運命だって、きっと別物になっていたはずだ。

今はもう亡い、優しい赤毛の異母兄。

後悔と悲しみと感傷。

とうの昔に封をしたはずの感情が、腹の底で蠢き出す。

グレンリードが過去に囚われかけた時、鼻先をかすめる『匂い』がある。

(この『匂い』は……)

金の髪とアメジストの瞳が思い浮かび、グレンリードの思考を現在へと連れ戻す。

彼女は既に去ってしまったが、その残り香ともいうべきものは、今もサンドイッチに存在していた。

どうも彼女は、配下の料理人に任せるのではなく、自分自身でサンドイッチを作ってくれたらしい。そのせいか、本人がいなくても残り香が漂うほど、サンドイッチにも匂いがついていたようだった。

「私のために、自ら作ってくれたのか……」

言葉にすると、不思議と心が安らいだ。

なぜだろうと思っていると、嗅ぎ慣れた匂いが近づいてくる。

レティーシアを見送りにいっていたメルヴィンが、帰ってきたようだった。

メルヴィンは執務室へと入ると、さっそくサンドイッチに目を付ける。

「レティーシア様のお土産ですね。私も一切れ――」

「却下だ」

腹心の手が伸びる前に、サンドイッチの入ったバスケットを引き寄せる。

「これは私の夜食だ」

「……陛下、食欲に目覚めすぎでは？　歓迎いたしますけどね」

「人聞きの悪いことを言うな。おまえの方こそ、毒見と称して何切れも食べていただろう？」

レティーシアの立場的に、それに人格的にも、食事に毒を盛るとは考えにくい。

だが万が一ということもあるため、グレンリードの元に来る前に、簡単な毒見がされている。

メルヴィンは本来、そのような役割は担当していないが、今日は自ら立候補していた。

レティーシアにはあらかじめ、料理を一種類につき二つずつ用意するよう伝えている。

グレンリードと顔を合わせる前に、無作為にサンドイッチを一つずつ選び、メルヴィンが簡易的な毒見を行っていた。

「レティーシアにサンドイッチを持ってくるよう伝えたのは、毒見と称しておまえが食べたかったからではないだろうな？」

「まさか、そんなわけないじゃないですか？」

曖昧な笑みを浮かべるメルヴィンだが、グレンリードの鼻は誤魔化せない。

嘘をついているようだった。

「本当ですよ。それだけではない、というのが正しいでしょうかね？」

匂いを嗅ぐ。

……嘘ではないようだが、その真意までは読めなかった。

便利なようで制限のある、グレンリードの鼻の限界だ。

「……まぁいい。このサンドイッチは私のものだからな」

長年の付き合いながら、心の内をとらえきれない腹心に宣言し、グレンリードはサンドイッチを独占したのだった。

◇◇◇

「うーん……」

まぶたを透かす陽の光に、私はもぞもぞと体を動かした。

目をこすりつつ、寝台から身を起こそうとしたところで、

「……重たくない……？」

寝ぼけ眼で周りを見渡す。

ここのところ目覚めはずっと、胸の上のいっちゃんの重さと共に訪れていた。

いっちゃんは食べるのが大好きだ。いつもは朝ご飯の催促にのしかかってくるのに、今日は珍しいなと思っていると……こちらに背を向ける、いっちゃんの姿が目に入る。

苺の鉢植えを前に、猫背の背中が哀愁を漂わせている……ような気がした。

「いっちゃん……」

「……うにゃぅにゃ……」

鳴き声にも力がなく、どこか切なそうだった。

いっちゃんの前の苺の鉢植えは、全て果実が収穫されてしまっている。

春は過ぎ去り、季節は初夏へと差し掛かっている。

鉢植えの苺は旬の終わりを告げ、それは離宮の外の苺畑も同じだった。

庭師猫のいっちゃんの魔力があれば、春以外でも苺を育て食べることはできるとはいえ、一日に使える魔力に限りがある以上、収穫できる量はぐっと減る。

苺に目の無いいっちゃんにとっては、受難（？）の季節なのだった。

「いっちゃん、落ち込まないで。ジャムにしたものがあるから、しばらくもつはずよ」

しゃがみこみ、いっちゃんの頭を撫でてやる。

掌におさまるほどの、小さく丸っこい頭だ。

「それに、厨房には昨日収穫した、最後の旬の苺があるわ。旬の締めくくりに、今日はたくさん苺料理を作る予定よ」

慰めるも、いっちゃんの表情は晴れなかった……ような気がする。

大丈夫だろうかと心配しつつ、身支度をして厨房へと向かった。

◇◇◇

厨房にこもり、出来上がった料理を並べると、いっちゃんの瞳が輝いた。

「にゃっにゃにゃにゃにゃにゃにゃっ‼」

訳：ここが楽園にゃんですね‼

……といった感じだろうか？

苺料理の数々に、いっちゃんのテンションは鰻登り（うなぎのぼり）だった。

ショートケーキに苺シフォン、シンプルに練乳をかけたものに苺クッキー、苺ジャムのサンドイッチに、クッキー生地の香ばしい苺タルト。

今年の苺料理の集大成ともいえる、私とジルバートさん達が作ったお菓子達。

苺料理を取り分けいっちゃん専用の皿に置いてやると、瞳を輝かせマイフォークを動かしていた。

ひげにクリームがつくのも気にせず、小さな口でショートケーキへとかぶりついている。

「かわいいっ……‼」

ナタリー様が身もだえている。

口元が緩んでいて、それは私も同じだった。

いっちゃんはいつも可愛らしいけど、苺料理を頬張る姿は更に破壊力が増している。

幸せそうな見事な食べっぷりは、料理したこちらまで嬉しくなってくる。

によによしつつ、私用の苺タルトにフォークを入れた。

爽やかな苺の甘酸っぱさと、もったりとしたカスタードクリームが、クッキー生地に染み込んでいる。

ナタリー様も、いっちゃんの姿に目を細めつつ着々とタルトを食べていた。

以前出した苺クッキーが好評だったから、今日招待してみたのだ。

口に合ったようで、頬を緩めてフォークを進めている。

「甘酸っぱくて、とても美味しいです！　いっちゃんが夢中になるのもわかります……！」

「ふふ、ありがとうございます。気に入っていただけてよかったですわ」

「レティーシア様のおかげですね。魔物の宝石と形が似ているからと、食わず嫌いをしていたのがもったいないです。レティーシア様はどこで、苺料理に目覚められたんですか？」

「昔、本で苺の美味しさを記した文章を読んだことがあったの。それで気になっていて、偶然口にしたら甘酸っぱくて美味しかったから、料理してみたいと思ったのよ」

「確かにこの甘酸っぱさは、一口食べたら虜になりそうですね」

頷くナタリー様に、私はふとした疑問を覚えた。

私、なんで苺が好きになったんだっけ？

今ここにいる『私』ではなく、前世の『わたし』であった時の話だ。

果物の中では、苺が一番好きな『わたし』だったけど、どんなきっかけで好物になったのだろうか？

気になり、少し思い出そうとしたが、何も記憶が浮かんでこなかった。

日本で生まれ育ち、気づいた時にはもう、苺を気に入っていたということだろうか？

……よくある話だろうけど、何かすっきりしなかった。

その日寝台に潜り込んだ後も前世の記憶をさらってみたが、やはり思い当たることがない。

苺を好きになった理由、それに『わたし』の名前を思い出そうとするが、何も浮かんでこなかった。漢字で二文字、読みで三文字の名前だった気はなんとなくするが、確証は全くなかった。

「カピ子……いや、そうじゃなくて……なくて……ジロー……」

眠りに落ちる寸前に思い浮かんだのは、もう会えない愛犬の姿なのだった。

◇　◇　◇

「ジロー……」

翌日も私は、もっふりとした毛皮を撫でながら呟いていた。

ジロー、向こうで元気でやってるかな？

お爺さん犬だったから、日本の夏が体にこたえていないといいのだけど――

「ぐうぅっ……？」

どことなく不機嫌そうに、ぐー様が手元で鳴き声を上げる。

その声に、私ははっとぐー様の顔を見た。

「ごめんごめん。つい、上の空になっていたわね」

お詫びの印に、指の腹で柔らかく首をかいてやる。

ぐー様の温かい体温にジローを思い出し、無意識に名前を呼んでいたようだった。

せっかく最近、きまぐれにだがぐー様が撫でさせてくれるようになったのだ。

貴重な機会を逃すまいと撫で心地を堪能していると、一つ思い出すことがある。

……柴犬って、犬の中で一番狼に近い種類だって説もあるんだっけ。

言われてみればピンと立った耳も、愛らしさの中に凛々しさがある顔立ちも、柴犬は狼に似ているのかもしれない。

そんなことをつらつらと考えつつ、ぐー様とのもふもふタイムを楽しんでいたわけだけど、

「レティーシア様！」

離宮の方から慌てて私を呼ぶ声に、ぐー様が耳をぴくりと動かした。

私の名を叫びながら駆け寄ってきたのは、離宮に仕えるメイドだ。

「どうしたの？　何か問題でも起こったのかしら？」

「ケイト様がいらっしゃいました」

「ケイト様が？　いきなりね」

「ずいぶんとお急ぎの、切羽詰まった様子でした」

「……わかったわ。すぐ行きます」

なぜケイト様が？

わからないが、とりあえず話だけでも聞いてみよう。

ふと気づくと、傍らからぐー様の気配が消えていた。

少し距離を取り、人間達の会話に聞き耳をたてるようにして佇んでいる。

ぐー様は他人が近寄ってくると、なでなでタイムを終了させてしまうのだ。

意外とシャイというか、警戒心が強いのかもしれない。

「ぐー様、またね。今日は帰らせてもらうわ」

「ぐぅぅ」

「……ぐー様？」

別れを告げ離宮へと歩き出すも、ぐー様は離れずついてきた。

「ぐー様、どうしたの？　離宮の中に入りたいの？」

「ぐわうっ！」

その通りだ、と主張するように鳴かれた。

「……もしかして、離宮の厨房に忍び込んで、サンドイッチか何か盗みぐ――あいたたたっ!?」

頭突きをかまされてしまった。

『誰がそんなコソ泥のような真似をするかっ‼』

と言わんばかりの怒りっぷりだ。

「ごめんごめん。わかったわ。離宮の中では私から離れず、大人しくしていてね？」

「ぐあぅっ！」

どこまでこちらの意思が通じているかは怪しいが、一応注意しておくと、『承知した』とばかりに返事が返ってきた。

……ぐー様、狼だけど人間の言葉がわかっているんじゃないだろうか？

不思議に思いつつ、離宮へと早足で向かった。

正面玄関にはケイト様と、料理人らしき服装の男性が立っている。

「ケイト様、ごきげんよう」

「レティーシアさ――ひうっ？」

ケイト様の尻尾がピンと立ち、勢いよくぶわりと膨らんだ。かぎ尻尾だった。

……なぜいきなり、警戒されたのだろうか？

「ケイト様、どうなさったんですか？」

「なんですのその狼⁉」

「狼番の方が飼われている狼ですわ」

「そ、それくらいはわかりますわ‼　でもその狼、普通じゃありませんわ‼　まるで私のお父様や、陛下と相対しているような威圧感じゃない……‼」

「そんなに恐れられなくても大丈夫ですわ。ぐー様はこの通り目つきは鋭いですが、人を襲うことはありませんもの、ね？」

同意を求めるように、ぐー様に声をかける。

やっぱり私以外の人間の目から見ても、変わった狼なのかもしれない。

ぐー様は『この山猫、意外と鋭いな』というような目で、ケイト様を観察するように見ていた。

「……わかりましたわ。今はそんな狼より、大切なことがありますもの」

「ぐぅぅっ……」

『そんな狼とは何だ⁉』と言わんばかりに不機嫌そうなぐー様をなだめつつ、ケイト様を応接間へと案内する。

来客用の長椅子に腰かけるや否や、ケイト様が口を開いた。

「レティーシア様、本日はお願いに参りました。こちらの離宮の料理人を、数日間お貸しいただけないでしょうか？　もちろん、しかるべき対価はお払いいたしますわ」

「……事情をお聞かせ願えますか？」

「……っ、当然、そうなりますわよね……」

言いづらそうに、ケイト様が唇を噛みしめた。

沈黙が降りる。

私は考えを巡らし、あたりをつけることにした。

「……マニラの日ですか？」

「‼　異国の方なのに、よくご存じですわね‼」

「この国の王妃になりましたもの。勉強させていただきました」

正解だったようだ。

マニラの日とは、ケイト様の出身地である、ヴォルフヴァルト王国東部限定の記念日のようなものだ。

王国東部は山がちで、穀物を植えても豊かには育たない土壌だった。

そんな貧しい地を潤したのが、『白い金』とも称される、岩塩坑から採取される塩だ。

岩塩坑の中でも、マニラ岩塩坑は一際歴史が長く、規模も大きい岩塩坑だった。

マニラ岩塩坑が発見された日は東部地域では記念日になっており、その日には塩をふんだんに使った料理で、大切な人間をもてなす習慣があると聞いている。

東部出身のケイト様も、離宮で故郷の習慣を行いたいに違いない。

今年のマニラの日は、今日から十日後。すぐそこに迫ってきているのだった。

「ケイト様の離宮にも、粒ぞろいの料理人が勤めているはずですが、彼らはどうなさいましたの？」

「……逃げられましたわ」

「逃げられた？」

「……シエナのせいよ……‼」

ぎり、と。

ケイト様が怒鳴り声を抑えるように歯を食いしばった。

「今年のマニラの日は、私の離宮にお父様をお招きし、もてなすつもりでしたの。お父様の娘として恥じないよう、そして王妃候補の権威を示すためにも、豪華な料理を用意するつもりでしたわ」

「それを、シエナ様に妨害されてしまったと？」

「……間違いないわ。じゃなきゃ、料理人達が揃って、マニラの日の直前に辞表を出してくるのはおかしいでしょう？　しかも、私の元を去った料理人は、シエナの息がかかった場所に移るようですもの」

「……事情はわかりました。ですがなぜ、私を頼りにいらっしゃったのですか？」

「レティーシア様が、陛下の生誕祭で優れた料理を捧げられたのは、優秀な料理人を抱えられている証拠でしょう？　それに、私の元に残ってくれた数少ない料理人、今日こちらに同行してくれた彼が、レティーシア様の厨房で料理長を務めるジルバートと知り合いで、彼のことを高く評価していましたもの」

ケイト様の背後に控える料理人が礼をする。

ジルバートさんを評価してもらえるのは嬉しいが、ケイト様のお願いを受け入れるにはリスクがある。

私は今まで、四人の王妃候補の誰にも肩入れせずにやってきていた。

ナタリー様のことは好きだし、仲良くしていきたいと思う。

だが、彼女とのお茶会は同時に、シフォンケーキの盗作の件の後始末も兼ねている。

加えてナタリー様が、半ば次期お妃争いから脱落しているからこそ、距離をつめても大丈夫だという一面もあった。

……その点、ケイト様は全く話が違った。

個人的な交流は皆無だし、現時点において彼女は次期王妃に一番近い候補だ。

そんなケイト様に料理人を、ひいては私の力を簡単に貸すのは難しかった。

「……ケイト様、料理人に逃げられたのは気の毒ですが、こちらにも事情があります」

「……わかっております。無茶なお願いごとをしていますものね……」

焦りを宿した瞳で、ケイト様が呟いた。

私に助力を求めるのが難しいのは理解しているらしい。

それに彼女の性格や人間への感情を考えると、私に頭を下げるのだって、かなり抵抗感があるはずだった。

にもかかわらず、細い糸にすがるようにして私の元へとやってきたケイト様。

なんとしても料理人が必要だという熱意の元は、おそらく――

「マニラの日に、お父様を満足にもてなせなかった場合、王妃候補を外されるということですね？」

「……ええ、そうよ。私の代わりに、シエナが王妃候補に据えられるでしょうね」

ケイト様の拳が、膝の上でぎゅっと握られた。

「私、自分が感情的になりがちな、貴族や王族としては褒められた性格じゃないことは自覚しているわ。直そうとしているけど、でも、難しくて、その隙をシエナ達は見逃さないもの。私に王妃候補の資格はないと、シエナはいつも言っているわ。そのせいか、私を選んでくれたお父様も考えが揺らいでいらっしゃるようだから……。もし、マニラの日に貧相な食事しか出せなかったら、与えられた離宮さえ満足に切り回せなかったとみなされ、王妃候補の座を下ろされるのは確実ね」

「……そうでしたの」

ケイト様の告白を元に、素早く思考を巡らせていく。

王妃候補として送り込まれた女性が途中で交代したことは、この国でも何回かあった。

もちろん、歓迎される行いではないが、十分ありうる事態だ。

シエナ様の場合、陛下の王妃候補として年齢も血筋も申し分なかった。だからこそ、ケイト様との内部争いが激化していたのだった。

ケイト様のお父様がシエナ様を推すならば、ケイト様は病を患ったとでも理由をつけられ、領地に連れ戻されるはずだ。

シエナ様への交代により多少の混乱や弱体化はあろうとも、王妃候補の実家の力関係や諸々を考えると、シエナ様が次期王妃となる可能性も十分あった。

「……シエナ様が次期王妃に、というのは歓迎できませんが、私に頼る以外、他に手段はないのですか？　金銭は高くつくかもしれませんが、どこかから臨時の料理人を雇い入れるという手は？」

「試したけど、無理だったわ。この王都に知人は少ないし、数少ない伝手は、シエナが先に手を回していたわ。他の方に頼もうとしても、私とシエナの争いに巻き込まれることを嫌って、引き受けてもらえなかったもの……」

……うーん、やはりそう簡単にはいかなかったのか。

一から料理人を集めなおすほどの時間的猶予もなくて、私に頼らざるを得なかったということのようだ。

思えば前回、私がケイト様の離宮に招かれた時、塩辛すぎる料理を出されたのも、厨房の主力が、シエナ様に取り込まれていたからに違いなかった。

「後ろの彼のように、ケイト様の離宮にも、何名か料理人の方は残ってくれているのですか？」

「七人いるわ。でも、目玉の新作の肉料理を任せていた料理人には逃げられてしまっていて、今から同じだけのできの料理を作り出すのは絶望的よ。それに、当日はお父様を含む十名ほどがいらっしゃる予定だから、厨房も配膳もギリギリで、料理の品数で補うことも難しいわ……」

なるほど。

主力の料理人に逃げられ質がおぼつかなく、だからといって量で攻める手も使えないわけか。

マニラの日、東部の一般的な家庭では、普段より豪華な塩料理を作る習慣だ。

だが、公爵家ともなると塩を使った新作料理などといった付加価値や、圧倒的な皿数が求められるようだった。

「……」

切実な目でこちらを見つめるケイト様。

断るのは簡単だけど……どうしよう？

シフォンケーキの盗作を生誕祭で暴いたのは、選択の余地なくほとんど巻き込まれる形だった。

今回は違い、いわば私は部外者で、いくつかの選択肢がある。

どうにかできそうな案はあるが、だからこそ迷うのだった。

あくまで中立を保つため、ケイト様の頼みを断る。

一番簡単な選択肢だが、シエナ様が王妃候補になるのは良くない。

個人的な好き嫌いもあるが、それ以上にシエナ様を支持する勢力が問題だ。

ケイト様とシエナ様の姉妹争いが激化した背景には、ケイト様には人間に対する友好派が、シエナ様には人間へのあたりが強い一派がついているというのがある。

……ケイト様、人間である私に対しての態度が硬かったけど、これでも獣人全体で見ると友好派なんだよね。

シエナ様は一見私へのあたりが柔らかかったけれど、所々で地が出ていたし、彼女の支持者は人間を見下している獣人も多かった。そんな彼女が王妃候補に、ひいては次期王妃になるのは、私の祖国との関係を考えれば阻止するべきだ。

王妃候補がケイト様からシエナ様へと変更されるのを、陛下が認めない可能性はもちろんある。

だが、闇雲に変更を却下し公爵家から敵意を買うよりは、変更を認めシエナ様達に貸しを作ろうとする方がありえそうだ。

その場合、陛下はシエナ様に優位に立てるし、彼女やその実家の手綱を握れるかもしれないが、それだけを頼りにするのも危うい。

……うーん、だからといって、ケイト様に肩入れしすぎるのもなぁ。

考えつつ顔を上げると、ケイト様と目が合い、頭をかすめるものがあった。

「ケイト様、一つお聞かせ願えますか？」

「……何ですの？」

「そもそも、ケイト様自身はなぜ、それほど王妃候補の座を望んでいるのですか？」

公爵家の娘に生まれた以上、王妃を目指すのは自然なことだが、私はケイト様自身の口から理由を聞きたかった。

選択に迷う今、改めてケイト様本人の望むもの、彼女の考えを知らなければならない。

「それは……」

ケイト様が言いよどむ。

人には言いにくい理由なのだろうか？

異母妹であるシエナ様への対抗心だとか、あるいは王妃に付随する名声が望みなのか。

だとしたらやはり、今回の頼みはすっぱりと断った方がいいのかもしれない。

そんなことを考え待っていると、ケイト様がようやく口を開いた。

「……国のためよ」

ケイト様は顔を赤くしつつ、早口で語りだした。

「大それたことを言っているとお思いでしょう？　ええ、ええ、わかっていますとも‼　私のような自らの感情一つ制御できない小娘が国を語るなんて、力不足も良いところですもの‼」

「いいえ、そんなことは――」

「でも、仕方ないでしょう⁉　シエナは卑怯だし、イ・リエナ様は得体が知れないし、ナタリー様は操り人形だった‼　誰にも王妃を任せられないんだもの‼　国のために尽くすのが貴族でしょう⁉　だったら私が頑張って成長して、王妃になるしかないじゃない‼」

ケイト様は一息で言い切ると、恥ずかしそうに顔を背けた。

自分の言葉を青臭い、身の丈に合わないものだと思っているようだ。

「……ケイト様は、ご立派だと思いますよ」

「何ですの⁉　からかってるの⁉」

「いいえ、本心です。王妃を目指す理由、それらしい言葉を並べ誤魔化すこともできたはずなのに、真の理由を教えてくださったんでしょう？」

腹芸ができないということでもあるが、真っすぐに国を思う志は眩しかった。

それに他にも、いくつか収穫がある。

「ケイト様が王妃を目指す理由は国のため。つまり、自分より王妃に相応しい方がいたら、王妃の座を諦め、その方を認めお助けするということですわよね？」

「……そのつもりよ。お父様には別の思惑もあるでしょうけど……」

「そしてケイト様は、ナタリー様を操り人形だったと、過去形で語られました。つまり、ナタリー様の変化を、認めているということでしょう？」

「あの生誕祭の日、そしてレティーシア様と交流を重ねるようになって、ナタリー様は変わってきたと思うわ。自分の言葉をしゃべるようになったもの」

ケイト様はナタリー様とは親しくないが、それでもその変化には気づいているらしい。

感情的で迂闊なところも多いが、それなりに人を見る目はあるのかもしれない。

「ナタリー様かイ・リエナ様、お二方のどちらかに自身より王妃の資質があると思えたら、ケイト様は次期王妃争いから身を引くおつもりですか？」

「……そうするつもりよ。仮定の話ですけどね……」

しぶしぶといった様子で、でも確かに頷くケイト様。

彼女の言葉に、嘘はないように感じられた。

「……わかりました。心の内をお聞かせいただき、ありがとうございます。お礼というわけでもありませんが、少し力になれるかもしれません」

「ジルバート達、料理人をお貸しいただけるのですか？」

「いえ、それは難しいです。そこまで協力しては、私がケイト様と同陣営とみなされてしまいます。それに私が考え、私の料理人が作った料理をケイト様のお父様にお出ししても、それでは意味がないでしょう？」

「それは、その通りなのですけど……」

ケイト様がみるみる萎れ、猫耳をぺたりとさせている。

「そう落ち込まないでください。代わりに、新作料理の案を提供したいと思います」

「新作料理を……？」

「材料を用意するのも作るのも、ケイト様の配下の料理人に行ってもらうことになります。上手くいくかはわかりませんし、一度陛下のお考えをうかがってからではないと、実行に移すこともできませんが、それでもよろしかったら、少し動いてみたいと思います」

「……お願いいたしますっ……‼」

深々と頭を下げるケイト様。

そんな彼女に考えを伝える私の傍らで、ぐー様が興味深そうに耳をそばだてていたのだった。

◇　◇　◇

「なるほど。ケイトの離宮が騒がしいと思ったら、そのようなことがあったのだな」

グレンリード陛下が頷く。

ケイト様が私の離宮にいらしたその日のうちに、私は陛下に一度お話しにうかがいたいと申し出た。

そしてその翌日の今日、私は陛下の元を訪れることになったのだ。

お忙しい陛下のことだから、もう少し時間がかかるかと思っていたが、マニラの日が差し迫った今、ありがたいことだった。

情報を取捨選択し、ケイト様とのやりとりを説明し終えた私は、陛下の考えを探ることにする。

「ケイト様からシエナ様へ、王妃候補の変更を打診された場合、陛下はお認めになるおつもりですか？」

「あぁ、そのつもりだ。おまえも、私がそう答えると予想しているのだろう？」

「はい。陛下のお立場からすると、それが最善だと思いますもの」

王妃候補の変更を認めることで、最有力候補のシエナ様に貸しを作ったことになる。

そして、シエナ様ではなくイ・リエナ様が次期王妃になった場合でも、実家の力の強いシエナ様を一度王妃候補と認めていれば、イ・リエナ様への抑止力になる。

陛下からすれば、妃候補たちの流血沙汰は望ましくないが、ある程度お互いの勢いが伯仲しけん制し合っている状況の方が、陛下御自身の権力を振るいやすくなるのだった。

「レティーシア、おまえの考えも、今おまえが選べる手札のうちでは最良のものなのだろうな。料理人を大々的に貸し与えるのではなく、新作料理案という形なきものを提供する。そのやり方ならば、ケイトに恩を売りつつ、近づきすぎず一定の距離を保つことができるはずだ」

「ありがたいお言葉です。……ところで、その新作料理案の、完成したものなのですが……」

私の言葉に、背後に控えていたルシアンが、あらかじめ毒見のすまされた料理を差し出した。

陛下への今日の献上物であり、同時にこの料理がマニラの日に相応しいか、意見をいただくつもりだ。

「……これは確かに、見慣れない形だな」

料理を観察する陛下へと、その概要と作り方、食べ方などを説明していく。

「なるほど。これなら、マニラの日の食卓を彩るのに、相応しいかもしれないな。私は味には疎いが、この食べ方や外観は、この国の人間にとってはなかなかに新鮮なはずだ」

「ありがとうございます。ちなみに何か注意すべき点、私が見落としている点などはありますか？」

「この料理そのものにはないと思うが、そうだな……。おまえからケイトに、いくつか言伝を頼めるか？」

「……ケイト様の離宮の使用人の増員を、陛下に嘆願なさるようお伝えすればよろしいでしょうか？」

「その通りだ。さすがに話が早いな。私の方からケイトに助けを送ることは、彼女への特別扱いになるから不可能だが、向こうから要請されたとなれば話は別だ。ケイトはあの離宮の主だが、同時に離宮は王城の一部であり、その頂点にあるのは私だ。人員不足を訴えられたなら、臨時の使用人を派遣する程度のことはできるからな」

「そうしていただけると、ケイト様も助かると思います」

使用人の増員。

さすがに、一流の料理人をすぐさま揃えるのは陛下といえど難しいだろうけど、それでも意味はあるはずだ。

ケイト様の離宮に残る料理人の中には、まだシエナ様の息がかかった者がいる可能性もある。

最悪、マニラの日の当日の料理を、以前私がされたように、すり替えられる恐れがあった。

ただでさえ料理人の数が足りない今、料理人同士で裏切りが起きないよう、監視するのも難しい。そこで陛下から、『料理人が裏切らないように見張っておけ』という命令を受けた使用人を派遣してもらえば、それだけで裏切りへの抑止力になるはずだ。

杞憂に終わるかもしれないが、対策して悪いことはないはずだった。

……そしてこれ、陛下からしても美味しい話だったりする。

ケイト様に使用人を派遣することで恩を売る。

ケイト様が上手くやり、王妃候補の座を守れればそれで良し。

もしケイト様が失敗した場合は切り捨て、王妃候補変更を認めシエナ様に貸しを作る。

どちらに転んでも、陛下としては痛くないのだった。

「私にできるのは、この程度だ。あとはおまえと、ケイトの動きが成否をわけるはずだからな」

お手並み拝見といわんばかりに、陛下が呟いたのだった。

五章　塩の宿した可能性

マニラの日までは、あっという間に過ぎていった。

私もそれなりに忙しかったが、ケイト様と配下の料理人は、それはもう殺人的な忙しさだったに違いない。

「でも、そのおかげでどうにか間に合ったようね」

ルシアンに手を取られ、馬車からケイト様の離宮前へと降り立つ。

今日私は、打ち合わせ通りケイト様に招かれていた。

マニラの日が上手くいくか、見届けたかったのもあるけれど――

「あら、レティーシア様じゃないですの」

どこか不機嫌そうな声が背後からかかる。

美しく着飾った、だが本性までは隠せていないシエナ様だ。

ケイト様の異母妹である彼女もまた、招待客なのだった。

「意外ですわ。レティーシア様は、聡明な方だと思っていましたから」

「おほめいただきありがとうございます」

「……何を考えていますの？」

私の横に立ったシエナ様が、声を潜め問いかける。

「レティーシア様がこのところ、異母姉とやり取りをしていたのは掴んでいます。何か企んでらっしゃるようですけど、無駄だと思いますわよ？　マニラの日は、わが領地の特産品である、塩を用いた料理を食べるのが習わしです。よそ者であるレティーシア様が新しい塩料理を入れ知恵したところで、我が領地の料理人の域に迫ることは不可能ですもの」

「よそ者だからこそ、思いつくこともあると思いませんか？」

「付け焼刃にしかならないのでは？」

「さぁ？　結果は、もう間もなくわかるはずですわ」

食堂へとたどり着く。

扉が開かれると、そこには、

「レティーシア様、ごきげんよう。本日はようこそいらっしゃいました」

「ごきげんよう。お互いの離宮以外でお会いするのは、久しぶりですね」

「あらぁ、今日も可愛らしいわね。子猫ちゃんと二人で来るなんて、仲良しなのかしら？」

先に食堂にいたケイト様、ナタリー様、そしてイ・リエナ様に挨拶を向けられる。

「え……？　どうして他の王妃候補が、こんなところにいるんですか……？」

シエナ様が固まっている。

「あらシエナ、いらっしゃい。今日はよく来てくれたわね」

「‼　お姉さま‼　どういうことなんですの⁉　マニラの日に他の王妃候補を招くなんて、聞いてませんわ‼」

「何か問題があるかしら？　マニラの日は、大切な相手を招きもてなす日。ナタリー様やイ・リエナ様は私と同じ公爵令嬢で、ともにこの国の未来を担う仲間でしょう？」

しれっと言い放つケイト様。

打ち合わせ通りだった。

マニラの日は、この手の客人をもてなす行事の例にもれず、招待する客人の顔ぶれが、招待主の格に直結する。

よって、私やナタリー様達を招待できたケイト様の格も、自ずと上がるはずだった。

私としても、あくまでケイト様側からの招待に応じる形になるので、対外的にはケイト様の陣営と見なされることもないはずだ。

そしてナタリー様にとっても、ケイト様の招待を受ける利点がある。

次期お妃になる目がほぼ消えたナタリー様にとって、現在の最有力候補であるケイト様と親交を深められるのは大きい。

人間と獣人ということで溝があったが、今日この場では二人の利害が一致し、歩み寄ることになったのである。

この話を私がナタリー様に持ち掛けた時、ナタリー様は少し考え、頷いてくれた。

シエナ様とその支持者の獣人は、ケイト様以上に人間と距離が遠い。

そんなシエナ様が次期お妃になる可能性を、下げたいからに違いなかった。

ナタリー様の同意を得た後、次に私とケイト様は、イ・リエナ様に招待状を送った。

イ・リエナ様の腹の内は読めないが、表立って波風を起こすことは望んでいないはず。

私とナタリー様が出席を決めたと伝えたこともあり、私達の様子をうかがうためにか、出席の返事をもらうことができた。

……それに目立たないが、もう一人。

南の離宮に住まう王妃候補、黒髪のフィリア様も食堂でお座りになっている。

彼女は基本、来るもの拒まず、去る者追わずの姿勢らしいので、招待に応じてくれていた。

これでケイト様は、王妃候補三人を招けたことになる。

マニラの日の客人としては、申し分ない顔ぶれだ。

これで直前期のごたごたも帳消しにし、シエナ様の思惑をくじく一助になると思いたい。

間近で顔を合わすのは初めてのフィリア様と挨拶し合っていると、食堂の扉が開いた。

ケイト様とシエナ様に緊張が走る。

二人の父親であり、二人の運命を握る公爵家当主、ガロン様だった。

山猫、いや、大山猫といった風格の中年男性だ。

髪の色はシエナ様に似た薄茶、吊り気味の瞳は、ケイト様に似ている気がした。

ガロン様を迎え、その後数人の招待客を迎えたら、いよいよ会食が始まる。

席につく私達の前へ、いっせいに料理が運ばれてくる。

ナタリー様ら三人が招待客に加わり、より厨房は忙しくなったものの、ぎりぎりキャパシティは足りると聞いていたから、大丈夫なはずだった。

まず並べられたのが、葉野菜に大粒の塩がふられたサラダだ。

シンプルな品だが、口を休める料理としてはちょうどいい。

そしてその隣へ、ふっくらと焼き上げられた表面に、塩がまぶされた丸いパンが置かれる。

生地にも塩が練り込まれ、バターの甘さを塩気が引き立てるが、こちらもサラダと同じく、ケイト様の故郷ではよく食べられている料理。

今日の本命、私の提案した新作料理は最後の一つだ。

運ばれてきたそれを見て、誰かがぼそりと呟いた。

「大きな、塩の塊……？」

食卓へと運ばれてきた料理に、小波のようなざわめきが広がっていく。

「これは、塩の塊？」

「どう見ても、そうとしか思えませんね……」

小声で感想を述べ合う人々を見て、シエナ様が口を開いた。

「お姉さま‼　ふざけるのもいい加減にしてくださいませ」

人々の視線が集まったのを確認すると、シエナ様はケイト様を睨んだ。

「ここのところお姉さまと料理人達の関係が、上手くいっていないことは聞いていました。マニラの日の前でありながら、料理人達の多くに逃げられてしまったのですよね？」

姉を哀れむような表情から一変、シエナ様が厳しい目つきを作った。

「ですが、だからといって、こんな馬鹿げた品を、料理とも言えない塩の塊を出してくるなど、許されることではありません‼　今日の主賓である、お父様を馬鹿になさっているのですか⁉」

鬼の首を取ったように叫ぶシエナ様。

姉を追い落とす好機だと思ったのかもしれないが、先走りすぎじゃないだろうか？

それだけ、ケイト様が舐められているということかもしれなかった。

「シエナ、静かになさい。文句があるなら、料理を口にしてからにしてくれるかしら？」

「この塩の塊を、私やお父様に食べろと言うのですか⁉」

「食べたくないなら、あなたは黙って見ていなさい」

言い募るシエナ様に構うことなく、ケイト様は自分のペースを崩さなかった。

しかしよく見ると、猫耳の先がぴくぴくとしている。内心怒っているのだろうが、表情は抑えられているようだった。

普段と違い冷静なケイト様の姿に、シエナ様も調子が狂ったようで、勢いを削がれ黙り込んでいる。

……料理を出した時、シエナ様がつっかかってくるかもしれないと、ケイト様に伝えておいて正解だったようだ。

姉妹の小競り合いの間にも、食卓の上には着々と皿が並べられていた。

十五人の招待客、それぞれの前に塩の塊が置かれたのを見て、ケイト様が口を開く。

「お待たせいたしました。本日の料理はわが離宮の料理人の自信作ですが、食べ方が少々変わっています。まず初めに、私が実演してみたいと思います」

ケイト様へと、メイドが木づちを手渡した。

「あらあらぁ？　まさかまさか、もしかして？」

イ・リエナ様が小声で呟く。

狐な彼女が、驚きを表すのは初めてだなと思っていると、

――――かんっ‼


硬質な音を立て、塩の塊へ木づちが落とされる。

ケイト様が数度叩くと、表面がひび割れ剥がれ落ちた。

「いい香り……」

ふわりと匂いたつ、焼けた肉とハーブの香り。

食欲をかきたてる匂いに、人々の期待が高まっていった。

ケイト様はどこか得意げな様子で、割れた塩を皿のふちへとどけていく。

ますます匂いが強まり、よく焼けた豚肉が現れた。

「このように、塩の塊を割り砕き、中にある具材を取り出し口にします。塩と卵白を混ぜ練り上げたもので具材を覆い蒸し焼きにした、塩釜焼きという料理です」

「塩釜焼き……」

初めて聞く料理の名に、客人は驚いているようだった。

塩釜焼きをケイト様に教えたのはもちろん私だ。

前世の日本では、そのインパクトある食べ方で有名になっていた料理だけど、幸いと言うべきなのか、こちらの世界では珍しいようだった。

大陸全土を探せば、どこかに似た料理はあるのかもしれないけれど……少なくともこの国では、知られていないようだった。

以前、ケイト様の離宮で塩辛い料理を食べさせられた件で、私はお詫びに岩塩をいただいている。届けられた豊富な塩。それを利用し塩釜焼きを作り、陛下に献上してみようと思ったのだが、色々考えた末ボツにし、陛下には別の料理を出すことに決めていた。

この前、意見をうかがうため塩釜焼を試食してもらったのは、予定外だったのである。

……塩釜焼き献上の自主ボツ理由は今は置いておくが、今回偶然にもケイト様を助ける形で、塩釜焼きが役に立つことになったということだ。

「塩釜焼き、か。我が領地の特産品を贅沢に使った一品のようだな」

ケイト様とシエナ様の父親、ガロン様が興味深そうに塩釜焼きを見ている。

「具材を覆う塩の塊、こちらは食べるためのものではないということだな？」

「はい。皿のふちにどけておいていただければ大丈夫です。後で回収し保存し、食用以外で利用するつもりですわ」

ケイト様の出身地では岩塩を加工する際などに、食用には適さない塩が発生しているようだ。

そしてその塩を、研磨剤として用いるなどして、再利用する知恵も受け継がれているらしい。

　塩釜焼きの外側の塩は卵白を混ぜ焼いただけなので、手間はかかるが回収できるようだ。長年塩と親しみ暮らしてきた、ケイト様の故郷の積み重ねがものをいうようだった。

「そうか。ならば安心して、娘のもてなしを受けるとしようか」

　ケイト様に続き、まず主賓であるガロン様へと、メイドが木づちを手渡した。

　ガロン様はいくどか木づちを打ち付けると、しげしげと塩釜焼きの中身を見ている。

「ほう。私の釜の中身は牛肉の蒸し焼きのようだな」

「はい。お父様の好物を入れさせていただきました。他の客人様方の塩釜焼きの中身も、ぜひご自分の手で割って確認してくださいませ」

　客人達へと、メイドが木づちを渡していく。

　かんこんかんと、食卓のあちこちで塩を割る音が響く。

　ちょっとした宝探しのような気分で、熱心に木づちを振るっているようだった。

「私のは豚肉ね」

　手元を見て呟く。

　今日、用意された塩釜焼きの中身は三種類ある。

　それぞれローズマリーなど香草で下味をつけた豚肉と牛肉、そして、お腹にレモンを詰め込んだ川魚だ。

　ケイト様が招いた客人のうち、食の好みを知っている相手には、それぞれ好物を出しているようだった。

私はどの食材も美味しくいける口なので、ケイト様に選択をお任せしている。

塩釜焼きは見た目こそ派手だが、外側の塩を卵白と混ぜる以外は比較的手間が少ない料理だ。肉は厚切りの方が美味しく出来上がるし、塩で包んだ後は、オーブンで焼き上げれば完成になる。おかげで人手不足のケイト様の離宮の厨房でも、どうにかやりくりできたようだ。

胸を撫でおろしつつ、さっそく塩を砕き、中身を味わうことにする。

「美味しい……」

噛みしめると肉汁がしみだしてきた。

塩気がほどよく、肉の旨味（うまみ）を引き立てている。

ローズマリーの風味のおかげで、ジューシーかつ爽やかな味わいの豚肉だ。

そっと周囲の様子をうかがうと、満足げな声が聞こえてくる。

主賓のガロン様も、じっくりと牛肉を味わっているようだった。

「……美味いな。塩で蒸し焼きにしたおかげで、肉汁がたっぷりと染み込んでいる。肉もふっくらと焼きあがり、外側についた塩が舌を心地よく刺激してくれるようだ」

見た目のインパクトが抜群の塩釜焼き、味の方も気に入ってもらえたようだ。

客人達の間から、満足げなため息が漏れてくる。

それぞれの好みに合わせ、塩釜焼きの具材を変えたおかげかもしれない。

見た目はびっくり、食べて美味しいの二段構えが受けたようだった。

和やかな雰囲気で進む食事会だったけど、快く思わない人間もいる。

不機嫌さを隠し切れないシエナ様だ。

「……お姉さま、一つお聞かせ願えますか？」

「何よ？　あなたにもちゃんと、好物の川魚の塩釜焼きを出したはずよ？　美味しくなかったのかしら？」

「そ、それは、その、美味しかったですけど……」

お、少し意外だ。

てっきり、『見た目こそ目新しいけど、味は凡庸でした』くらい言われるかと思ったのだ。

シエナ様、意外と素直……というか、咄嗟に口は回らない性質なのかもしれない。

それなりに悪だくみはできても、アドリブは弱いシエナ様。

感情を爆発させがちなケイト様の異母妹だけあって、結構隙の大きい方のようだった。

「……ですが、今それは関係ありません。問題は、この料理の発案者です。塩そのもので具材を蒸し焼きにするなんて、私達の故郷にはない調理法です。お姉さまが考え付いたとは、とても思えないのですけど？」

「えぇ、そうね。レティーシア様と相談して、完成させた料理ですわ」

私の名が出され、食卓が少しざわついた。

シエナ様が、それ見たことかとばかりに口を開く。

「マニラの日の栄えある料理を他人に頼るなんて、恥ずかしいと思いませんか？」

「頼るのではなく、力を合わせたということよ。この料理は、わが領地の豊富な塩があってこその調理方法でしょう？　誰だって、自分一人でできること、持っている札には限りがあるわ。あなただって理解できるはずよ。この調理法は、私やあなたでは思いつかない料理方法だって、自分でそう言っていたじゃない」

ケイト様の言葉に、父親であるガロン様が頷いている。

ガロン様はケイト様曰く、

『お父様は厳しいお方だけど、筋が通っていれば受け入れてくれる方よ』

と聞いていたが、その通りの人物のようだった。

ガロン様がケイト様を認めたのを見て、シエナ様の苛立ちが強まっているようだ。

「力を合わせるなんて、綺麗に言い繕っただけですわ。お姉さまはマニラの日の招待主なのに、レティーシア様に頼りっきりじゃないですか？

「言うわね。何か根拠でもあるのかしら？」

「シャンデリアです」

得意げに口にするシエナ様。

……彼女が罠にはまったことを、私は静かに確信していた。

シエナ様の発言に、客人達の視線が上を向く。

全体がうっすら白みがかった透明の材質で、蝋燭の灯を反射し煌びやかに輝いている。

豪奢な内装に相応しい、優美で複雑な曲線を描くシャンデリアだった。

「このシャンデリアが、何か問題かしら？」

「食卓の間を華やかに飾るのも、招待主の役割だと思いませんか？」

「なら、このシャンデリアの美しさは、十分役目を果たしているでしょう？」

「えぇ、この部屋の内装の主役とも言えるシャンデリアですが――用意したのは全て、お姉さまではなくレティーシア様でしょう？」

シエナ様の視線がこちらを向く。

「五日ほど前、この離宮が少し慌ただしかったと聞いています。そしてその翌日、レティーシア様とガラス職人が、この離宮を訪れていらっしゃいました。なんだろうと不思議に思っていましたが、今謎が解けました。お姉さまはレティーシア様に、シャンデリアを用立ててもらったんでしょう？」

「確かに、私はケイト様の離宮にお邪魔しましたが……なぜそのような結論に至ったか、お聞かせ願えますか？」

シエナ様の言葉は、予想していた範疇のものだ。

塩釜焼きを美味しくいただき、和やかなまま終わればそれで一番だが、シエナ様が妨害をしかけてくる可能性もあった。

そんな時、やられっぱなしはよろしくないので、反撃の糸口、罠とでもいうべきものを仕掛けてある。

「とぼけるのはおやめください。私はレティーシア様より以前から、この離宮に出入りしています。だからわかります。このシャンデリアは、以前この部屋に下げられていたものと違いますわ。

よく似せてあるようですが、私の目は誤魔化せません。五日前、離宮が騒がしかったのは、誰かが誤ってこのシャンデリアを壊してしまったからではありませんか？」

シエナ様が、自信満々といった様子で宣言する。

「あとは、少し考えればわかることです。この部屋にあったシャンデリアは、全体がガラス細工でできた特注品です。同じ形のものは二つとありませんし、もし短期間で似たものを作らせようとしたら、とんでもない金額を要求されるはずです。お姉さまにそこまでの金銭的余裕はありませんよね？　ならば答えは一つになります。お姉さまに頼み込まれたレティーシア様が、金にものを言わせガラス職人を連れてきて、その後ガラス職人を工房にこもりきりにさせ昼夜を問わず働かせ、シャンデリアの模倣品を作らせたに違いありません」

シエナ様の推測に、招待客達は静かに耳を傾けている。

イ・リエナ様は愉快そうに、ナタリー様は心配そうに。

そしてそれ以外の招待客が、私とケイト様へと非難するような目を向けているのを確認し、シエナ様が笑みをこぼした。

「わずか四日で、そっくりなシャンデリアを用意したレティーシア様は素晴らしいと思います。ですがあまりにも、レティーシア様に頼りきりの、財力でごり押しするやり方ではないでしょうか？　シャンデリアが壊れてしまったのは不運で、仕方のないことではありますが……」

言葉だけは気の毒そうに述べるシエナ様に、ケイト様が目を吊り上げたのが見える。

その気持ちはわかるが、今は抑えていて欲しいと目配せする。

……シャンデリアが五日前に壊れたのは、もちろん偶然でも不運でもなかった。

シエナ様の息のかかった使用人の犯行だ。

黒幕のシエナ様だったが、素知らぬ顔で言葉を続けている。

「シャンデリアが壊れてしまったのなら、内装の華やかさは劣るものの他の部屋を使うなど、他に手はあったはずなんです。なのに、少しでも場を豪華に見せようと、他人の財力を頼りにしたお姉さまも、その浅ましさの象徴のシャンデリアも、マニラの日を祝うのにふさわしいとはとても思えませんわ」

哀れみと、隠し切れない愉悦を浮かべたシエナ様。

そんな彼女から、私は駄目押しの一言を引き出すことにした。

「……シエナ様はこのシャンデリアが、五日前までこの部屋にあったものと別物だと、そう断言できるのですね？」

「ええ、別物です。よく見ると形が違いますもの」

「……わかりました。では、最後にもう一つ。シエナ様はこのシャンデリアが、マニラの日に相応しくないと仰いましたが、そのお言葉に変わりはありませんか？」

「前言を撤回する気はありませんが……何が仰りたいのですか？」

私の執拗（しつよう）とも言える質問に、シエナ様も警戒心を抱いたようだが、残念ながらもう手遅れだ。

罠にしっかりとかかった今、あとは私が、仕上げを行うだけだった。

「シエナ様は、嘘をついていらっしゃいます」

「……何ですって？」

「証拠は、このシャンデリアを近くで見れば、よくわかると思います」

古来、貴人の住まう屋敷は天井が高く取られ、贅沢に空間を使うことが多かった。

今、私達のいる部屋も例外ではなく、天井まで優に大人二人分以上の高さがある。

そこから吊り下げられたシャンデリアは、当然手が届く高さではなかった。

ケイト様が合図をすると、使用人の一人が、壁に空いた小さな穴に手を入れる。

金属のこすれる音がして、シャンデリアがゆっくりと下がってくる。蝋燭をつける時に使う、壁と天井の中に組み込まれた仕掛けを動かした結果だ。

シャンデリアを吊り下げていた鎖が伸び、すぐ頭上にまで下りてきた。

「おや、これは……？」

「間近で見ると、ガラスにしては少し不透明さが強いような？」

招待客の疑問に、私は答えることにする。

「このシャンデリア、主に塩でできています」

「シャンデリアが、塩……？」

困惑した表情で、シエナ様が私の言葉を繰り返す。

「そんなの、見たことありませんわ……」

「今ここに、確かに存在しています。疑われるなら、シャンデリアに指を触れ、その指を舐めてみてください」

「そんなはしたないまね、できるわけ――」

「うわしょっぱい‼」

子供の叫び声が上がった。

声の主は、ガロン様に連れられてきたご子息、ケイト様の弟だ。

まだ十歳ほどながら、大人達に交じり立派に振る舞っていたが、内心退屈していたのかもしれない。

私の言葉に、これ幸いと好奇心を発揮する姿は、感情豊かなケイト様に通じるものがあった。

弟君は周囲の注目を集めたことに気づき、恥ずかしそうに尻尾をへたらせている。

「……彼の感想通り、このシャンデリアは舐めれば塩辛い、塩の塊でできています。鎖から繋がる中心部分の土台は金属ですが、そこ以外、外周部や垂れ下がった涙滴型の飾りは、全て塩で作られています。ケイト様も当然、そのことはご存知です」

ケイト様に目配せし、話を続けてもらうことにする。

「レティーシア様のお言葉の通り、このシャンデリアは塩で作られています。元々、私達の領地では、岩塩の塊を加工し、彫像のように仕上げることがありました。そこから着想を得て、レティーシア様の魔術の力も借り、美しい塩のシャンデリアを作ったということよ」

「魔術で、塩を……？」

私へと疑いの目を向けてくるシエナ様に、わかりやすく実演してやることにする。ドレスのポケットから、布で包まれたこぶし大の岩塩の塊を取り出し、全員に見えるよう掲げる。

一瞬目を閉じ、集中。

魔力を流し呪文を唱えると、鍵の形をした、くもり硝子(がらす)のような見た目の物体が出来上がる。

使用したのは、私が前世の記憶に目覚めてから一番お世話になっているであろう『整錬』だ。

『整錬』とは一般的に、土や鉱物を原料に、自在に形を変形させる術と知られている。

――土や鉱物が対象なら、岩塩は鉱物なのだから行けるのではないだろうか？

そう考えたきっかけは、ケイト様から贈られてきた、大ぶりな岩塩の塊を見た時だった。

『岩』塩というだけあり、その見た目は岩や水晶にそっくりだ。

ならば『整錬』が使えるのでは、と。

駄目もとで魔術を使ってみたところ、成功してビックリしたものだった。

……魔術、本当に奥が深いと思う。

その後試しに、肉の塊や野菜なんかにも『整錬』を使ってみたものの、予想通り失敗していた。

肉や植物など、生物由来の物質が主成分のものは駄目ということだろうか？

それとも、塩は私が岩のようだと認識したから行けたのだろうか？

詳しい原理や線引きはわからないけど、とりあえず塩に『整錬』が使えるのは確実だ。

今だって私の掌の上には、岩塩を変形させた鍵が乗っかっている。

初めて塩の『整錬』を成功させた時の私と同じように、驚きの表情を浮かべる招待客の姿が少し面白かった。

「マニラ岩塩坑は、とある少女が落とした鍵がきっかけで発見されたと聞いています。今日はマニラ岩塩坑の発見された記念日ですので、塩でできた鍵を作らせてもらいました」

出来上がった塩の鍵をメイドに預け、ガロン様へと届けてもらう。

ガロン様は鍵を手にし観察すると、静かに頷いたようだった。

「レティーシア様の仰る通り、確かにこれは塩の塊から作られたものだ。レティーシア様は以前、陛下の生誕祭の場でも、優れた『整錬』の技を発揮されたそうだから、丸ごとシャンデリアを作れてもおかしくはないはずだ」

ガロン様の言葉に、他の招待客達も納得したようだ。

獣人は魔術に疎いことが多いけど、さすがに公爵家当主だけあり、ガロン様はしっかりされているようだった。

「お褒めに与り（あずか）光栄ですわ。こちらのシャンデリアは、以前ケイト様からいただいた岩塩を使い作った一品、いわばケイト様と私の、合作ともいえるシャンデリアになります。あいにくとまだ、私の塩の『整錬』技術は未熟なため、一月ほどしか形は保てませんが……。崩れるまでの間皆様の目を楽しませ、その後は塩そのものとしてお使いいただけたら嬉しいです」

私がそう言って言葉を結ぶと、引き継ぐようにケイト様が口を開いた。

「このシャンデリアの材料は、我が領地で産出された塩です。今はまだ、レティーシア様の魔術で作られたシャンデリアしかありませんが、私達の領地には塩の加工技術の蓄積があります」

「‼　なるほど。ということは……」

招待客の数人、東部出身の獣人達が瞳を光らせた。

彼らを見渡し、ケイト様が勝気な笑みを浮かべる。

「ゆくゆくは、私達の東部領地で職人を育て技術を確立し、塩でできたシャンデリアを特産品として売り出すことができるはずですわ。マニラの日は、私達に恵みを与えてくれる塩に感謝し、よりよい活用法を探す日でもあります。このシャンデリアはこれ以上ない、マニラの日に相応しい品だと思いませんこと？」

ケイト様が、シエナ様へと視線を向ける。

先ほど、『このシャンデリアはマニラの日に相応しくない』と言ったシエナ様への、意趣返しのようだった。

招待客達も、ケイト様の説明を受け、シャンデリアを褒めだしている。

今日の招待客は、私や王妃候補達以外、ケイト様の一族の方々だ。

塩釜焼きに、塩を加工したシャンデリア。

故郷の名産品である塩の新たな可能性を示したケイト様への評価は、うなぎ上りのようだった。

◇◇◇

その後は大きな波乱も無く、会食は成功のうちに終わりを告げた。

ナタリー様達と一緒に帰ろうとしたところで、背後から私を呼び止める声がある。

「レティーシア様、この後、少しだけお時間をお借りしてもよろしいでしょうか？」

「ガロン様、ごきげんよう。どのようなご用件でしょうか？」

「……シャンデリアなどについてです」

潜められたガロン様の声に、私は小さく頷いた。

ナタリー様と別れ、ガロン様の案内で離宮を進む。

導かれた先は、先ほどまで食事をとっていた部屋だ。

そこには予想通りと言うべきか、ケイト様とシエナ様の姉妹が待っていた。

「……シエナ、私が言いたいことはわかっているだろうな？」

「お父様……」

シエナ様は青ざめ、借りてきた猫のように大人しかった。

「おまえとケイトがいがみ合っているのは知っていたが……先ほどの醜態はやりすぎだ。外部の目がある祝いの場を乱し、身内の争いを晒すとはどういうつもりだ？」

「……すみません。ですがお父様だって、見ているだけでお止めにならなかったじゃないで――」

「シエナ‼」

ガロン様の一喝に、シエナ様がびくりと身をすくませた。

「おまえは今何歳だ？」

「……十七歳です」

「この国の成人とされる年齢はいくつだ？」

「……十五歳です」

「そうだ。おまえはもう成人。やっていいことと悪いことの区別は、自分でつけるべきだろう？」

「……っ‼　でもっ、悪いのはお姉さまです‼　あんな紛らわしいシャンデリアを飾るなんて、私を陥れようとしたも同然です‼」

「あんたがそれを言うのっ⁉」

ケイト様が目を吊り上げる。

この場には家族と、どうも身内認定されたらしい私しかいないので、仮面が剥がれ落ちているようだった。

「最初にシャンデリアを壊し、嫌がらせしてきたのはそっちでしょう⁉」

「証拠はあるんですか⁉　勝手に決めつけないでください‼」

「このっ、いけしゃあしゃあと――――」

「ケイト様、落ち着いてください」

ヒートアップする姉妹の間へ、仲裁に入ることにした。

「シエナ様はあくまで、シャンデリアが壊れた件とは無関係だと主張するのですね？」

「そうよ‼　私はやってないんだから当たり前でしょう⁉」

「ならばどうして、シエナ様はシャンデリアの形が異なっていると、指摘できたんですか？」

「そ、そんなの……。一目見れば別物だって、はっきり見分けがつくじゃない‼」

「そうですか。では実際に、見比べてみますか？」

「……え？」

ケイト様が指示を出し、使用人が大きな木箱を持ってくる。

「箱の中にあるのは、五日前に壊されたシャンデリアです。支柱が折れ、飾りもいくつか割れてしまいましたが、全体像はわかるはずです」

箱の中を、ガロン様が覗き込んでいる。

「……いささか損壊してしまっているが、全体的な形や支柱の曲線の形状は、塩のシャンデリアとほぼ同じに見える。レティーシア様の『整錬』、まことに見事なものだな」

ガロン様の誉め言葉に、微笑を返しておく。

シャンデリアの『整錬』、それはもう私は頑張ったのだ。

こんな大きな物体の、しかも細かい細工が必要な『整錬』は初めてだった。

一度にシャンデリア全てを『整錬』するのは不可能。パーツごとにばらせる部分は小分けにして作り、ガラス職人の助言も受けつつ組み立ててある。

ほんの少しでもパーツが歪んだらやり直し。ひびが入ってもやり直しだ。

……うん。本当にもう、とてもとても大変だった。

シャンデリア作りのせいで魔力がつきかけるとか、さすがに予想できなかったよ……。

前世の記憶に目覚めた私の、実質的な魔力量はかなりのものだ。

大規模な魔術を連発しても、余裕はあるはずだったのだけど……。

複雑精緻なシャンデリアの立体構造を頭に叩き込み再現するための、気の遠くなるようなトライアンドエラーの連続。

これ絶対、私の反則魔力量と反則『整錬』じゃなければ、数年がかりでも終わらないはずだ。

無事期限内に完成するかヒヤッとしたけど、おかげで『整錬』の精度は上昇したので、結果オーライにしておく。

「塩のシャンデリアは、私の自信作です。間近で見れば、さすがにガラスほどの透明度ではないので別物だと気づかれるかもしれませんが……。形に関しては、そっくり同じの自信があります。なのにシエナ様は、高い天井に吊られた状態のシャンデリアを見て、形が別物だと断言されました。……おかしいとは思いませんか?」

「っ……」

シエナ様が黙り込む。

「見た目はそっくりの塩のシャンデリアを、シエナ様が別物だと断言できたのは、元のシャンデリアを壊させたのがシエナ様だからでしょう?」

「あ……私は……」

あえぐように、シエナ様が口を開閉させる。

活路を探すよう目を泳がせるが、罠が完成した以上、シエナ様に逃げ場はなかった。

……そもそも、五日前にシャンデリアを壊した時点で、シエナ様の行動はこちらの予想通りだ。

今回の騒動は、ケイト様の離宮の料理人がシエナ様に寝返り、退職したことから始まっている。

そして少し考えればわかることだが、今も離宮に残っている料理人の中にも、シエナ様の息がかかった人物がいると考えるのが自然だ。

陛下から監視代わりの使用人を借りたとはいえ、臨時の見張りでは、内部の人間の裏切りを完封するのは難しい。厨房に見張りを回すと、どうしても他の部分は疎かになってしまう。

ならばどうするかと考えた時、私の一番下のお兄様、クロードお兄様の言葉を思い出した。

『――防御を全て固めるんじゃなく、わざともろい部分を残しておくんだ。素知らぬ顔で見せかけの弱点を晒し、相手が食らいついてくるのを待つ手がある』

お兄様の教えをかみ砕き、私はケイト様に考えを伝えた。

食卓のある部屋の警備を、他の部屋より緩めたらどうかと提案してみたのだ。

あの部屋で妨害工作をするなら、格好の的になるシャンデリアがあるからだった。

……そして予想通り、シャンデリアは破壊されることになる。

シエナ様もそれで妨害活動に満足したのか、料理に対する嫌がらせは無かった。

こちらも、厨房および料理人の監視には力を入れていたので、塩釜焼きという飛び道具の情報が、外部に漏れることも無かった。

ここまでは全て予想通り。あとは私が、塩のシャンデリア作りを間に合わせればよかった。

間に合ったところでシエナ様がシャンデリアの件を持ち出すかは怪しかったが……結果としてシエナ様は、がっしりと罠にかかったのだった。

「シエナ、おまえが公爵家の娘として生まれた以上、悪だくみをするなとは言わん。だが、企む側に回るには、おまえはあまりにもお粗末だったということだ」

「お父様っ……」

「おまえを王妃候補に推すことは、できないと判断するしかないな」

「そんなっ……‼」

シエナ様は納得していないようだが、はたから見ると、彼女の力不足は明らかだ。

身近な姉にしか目を向けず、他の王妃候補の動きに無頓着だった点。

姉の瑕疵を見つけるや、深く考えず祝いの場を乱してしまった点。

罠に気づかず、自ら飛び込んでしまった点。

……どう甘めに見ても、未来のお妃になるには力不足だ。

ガロン様もその点、私と見解が一致しているようだった。

「……ガロン様、お聞かせ願えますか？　今回のシエナ様の祝いの場での発言を止めなかったこと。そしてそもそも、ケイト様とシエナ様の姉妹争いを積極的に収めようとしてこなかったのは、二人の資質を計るためだったのですか？」

「お見通しですか。……レティーシア様のような思慮深さが、娘に半分でもあれば良かったのだがな」

ガロン様がシエナ様を見つめた。

「最も身近な相手、姉妹同士の争いさえ上手く片付けられないようでは、王妃になったところで失敗するだけだと思い、介入せずにいたのだが……。そのせいで姉妹喧嘩に巻き込んでしまい、誠に申し訳ありませんでした」

「お父様……」

どこかうなだれた様子のガロン様へと、ケイト様が声をかける。

「私が小さい頃、お父様は私をとても可愛がってくださいました。……なのに、私が王妃候補になってから接触が少なくなっていったのは、私に王妃たり得る資質があるか、計るためだったのですね？」

「……その通りだ。私がおまえに寄り添い、段取りを立ててやることは容易いが、いつまでも私に頼るようでは、王妃としては失格だからな」

「……つまり、私を思い、鍛えるためだったのですね。てっきり私、お父様に見限られていたのかと思いました……」

ケイト様が息をつく。

張りつめていた気が緩んだような、泣き笑いのような表情だった。

……きっとケイト様は、そっけない態度のガロン様に、見捨てられたかもと思っていたのだ。

接触が減ったのが無関心ゆえではなく、愛情も含んだものだったため、安心したようだ。

「ケイト。おまえには、悪かったと思っている。おまえから離れたのは、おまえ自身の成長を促すためだが……成長が見られなかった時には、容赦なく王妃候補を退かせるつもりだったからな」

厳しい本音を、だが隠すことなく告げるガロン様。

娘のことは可愛いが、同時に公爵家の当主として国を思う、不器用だが誠実な方なのかもしれない。

もう少し、娘であるケイト様とシエナ様に上手く接しようがあったのでは……と思わなくはないけれど、私も自分のお父様と長年すれ違っていたので、あまり人のことは言えない身だった。

「お父様のお考えを教えていただき、ありがとうございます。……お父様の目から見て、今の私は、王妃候補たり得ていますか？」

「……断言することはできないが」

ガロン様が、私へと視線をよこした。

「今までのおまえなら他人に、ましてや人間に頭を下げ助力を請うことはできなかったはずだ。今回のマニラの日の会食でも、以前よりはずっと、感情が制御できていたように見えた」

小さく息を吐き出し、ガロン様がケイト様を見つめた。

その瞳は、優しく細められている。

「ケイト、よくやったな。まだまだ未熟さも目立つが、ひとまずは及第点といったところだ」

「ありがとうございます‼」

表情を輝かせるケイト様。

かぎ尻尾を揺らし、嬉しくてたまらないといった様子だけど……徐々に落ち着き、真面目な顔になっていく。

「お父様の言葉は、とてもありがたいです。でも、だからこそ私は……次期王妃の座を諦めたいと思います」

「……どういうことだ？」

ガロン様の、眉間の皺が深くなる。

険しくなった雰囲気に震えながらも、ケイト様が言葉を続けた。

「私は今まで、自分の近くとシエナしか見えていませんでした。国への思いを口にし王妃の座を望んでも、視野がとても狭かったと、レティーシア様と過ごすうちに思い知らされたのです」

ケイト様がこちらを、そしてはるか遠くを見るようにして語り続ける。

「レティーシア様だけではありません。お人形のようだったナタリー様だって、実家との板挟みに悩みながらも自己を律していらっしゃいます。得体のしれないイ・リエナ様だって、その底の知れなさこそが一つの武器であると……今になってようやく、私は理解することができたんです。自分がどれほど愚かで未熟であったか、よくわかるようになりました」

「そのように、考えられていたのですね……」

声をかけると、ケイト様が唇を吊り上げた。

痛みをこらえつつも、どこか吹っ切れた様子だった。

「もちろん‼　私だってまだまだ成長途上、伸びしろの塊なんだもの‼　自分が誰より王妃に相応しいと自信が持てるようになったら、必ず王妃の座を掴んで見せるわ。今の私は、自分が王妃になるべきだとは思えないから、一時的に他の方に譲るだけよ」

言い切ったケイト様が、父であるガロン様へと向き直る。

「ですからお父様、親不孝なお願いですが……。シエナにも、そして今の私にも王妃の肩書は重すぎると……そう認めていただけますか？」

「……」

黙り込むガロン様。

ケイト様が不安そうに、だが退くことなく答えを待っていた。

「ケイト……本当に、見違えるほど成長してくれたのだな」

「‼　お父様、では――」

「あぁ、認めよう。何も、娘を王妃に付けることだけが、一族を守る道ではないからな。我ら一族の繁栄も、この国が健在であればこその望みだ。相応しき者が王妃になるよう、以後おまえは尽力するようにしろ」

「はい‼　精一杯頑張りたいと思います‼」

そう答え笑ったケイト様は、確かにガロン様の言葉通り、成長を遂げたようだった。

◇　◇　◇

ガロン様はその後、私を姉妹喧嘩に巻き込んでしまったことを改めて詫びた後、シエナ様を連れ去っていった。

シエナ様は呆然(ぼうぜん)としながらも、

『私があんな短気で、尾曲りのお姉さまに負けるなんて……』

と呟いていたが、悪事が父親本人の前で暴かれた以上、抵抗する気力も残されていないようだった。

領地へと帰ったガロン様は、一族の者と今後の方針をすり合わせつつ、シエナ様の再教育に励むつもりだそうだ。

ガロン様曰く、

『シエナは姉への対抗心で捻くれてしまったが、姉と同じように、元の気性はまっすぐな娘だ。一から叩き直し、今度こそ公爵家の娘としての矜持を身に付けさせるつもりだ』

……らしい。

これにて姉妹喧嘩は一旦終幕。

王妃候補の座は、ケイト様のままとなった。

ケイト様は王妃候補の立ち位置を生かし、誰が次期王妃に相応しいかを見極め、その相手に協力することにしたようだ。

一安心していると、ケイト様が声をかけてきた。

「レティーシア様、今回はたくさんのご協力をいただき、ありがとうございました。おかげで私も、……そしてきっとシエナも、あるべき道に向かえるはずです。これからは感情を律し、たとえ罵られ尾曲りと馬鹿にされようと、冷静でありたいと思います」

冷静でありたい、とわざわざ口にするあたり、やはりシエナ様へのわだかまりは消えないようだ。

二人の関係については、肉親であるだけに複雑なのかもしれない。

……それに一つ、少し気になったことがあった。

「ケイト様……。尾曲りというのは、山猫族の方にとっては、言われたくない言葉なんですよね？」

以前から、気になっていたところだ。

初めて会った時のケイト様は、尻尾を隠すようにしていた。

その後、感情に反応して尻尾が見え隠れするようになったが、ケイト様が落ち着いている時の尻尾は、いつも隠されていたはずだ。

「……ええ、そうよ。だって、みっともないじゃない？」

ケイト様が唇を尖（とが）らせた。

「私の尻尾、すらりと伸びた尻尾に比べて優雅さに欠けるし、まるで尻尾の途中で、骨折してしまったみたいでしょう？」

憎々しげで、悔しそうな呟きだ。

獣人も人間も、顔に対する美醜の感覚に大きな違いはなかった。

でも、尻尾という獣人特有のパーツに対しては、独特な美的感覚があるようだ。

「馬鹿にしてくるのは、シエナだけじゃなかったわ。公爵令嬢のくせに貧相な尻尾だって、陰で笑ってる奴（やつ）も多かったわ。だから私、そんな奴らに負けないよう、堂々と強気でいようと思ったのだけど……」

　ケイト様が言葉を濁し唇を引き結んだ。

　弱点を突かれまいと、周囲に刺々しい態度を取ってしまって。

　そんな自分を、ケイト様も恥じているようだ。

「私だって、できたらシエナやお父様のように、真っすぐな尻尾に生まれたかったわ……」

「真っすぐな尻尾、ですか」

「ええ、そうよ。レティーシア様だって、私の尻尾、見苦しいとお思いでしょう？」

「いいえ、思いませんわよ？　だって私、人間ですもの」

「えっ？」

　ぽかんとするケイト様。

「……どういうことよ？」

「言葉のままの意味ですわ。ケイト様は今まで、人間の方と接したことが少ないから、気づけなかったのかもしれませんが……。人間の感覚ですと、尻尾の先端部が曲がっていても、そういうものなんだな、くらいにしか思わない人が多いと思います」

「そういうもの……？」

　ケイト様が、オウム返しに呟いた。

「私が今まで悩んでたのが、そういうもの程度の扱いで、それですまされると言うの……？」

「はい。人間のほとんどは、ケイト様の尻尾に対し、特別悪口を言うことはありませんわ」

「………………」

力が抜けたように、あるいは解放されたように、ケイト様が肩を落としていた。

彼女の苦悩を、私は完全には共有できないけれど。

獣人以外の視点を教えることはできるはずだ。

「……見る相手が変われば、扱いも変わってくるものです。ものの見方が異なるせいで争うこともありますが、決してそれだけじゃないと思います。山猫族の方の価値観を否定するつもりはありませんが、それが絶対ではないと思えれば、世界が広がってゆくはずです」

簡単な、でも難しい事柄だ。

今までの自分の、常識を崩すのは大変だ。

特にケイト様は、自身でも仰っていた通り、視野が狭くなりがちな性質だった。

私の言葉が、どこまで効果を及ぼすかはわからないけれど。

真っすぐで不器用なケイト様が、少しでも息がしやすくなればいいと思った。

「ケイト様の尻尾、私は素敵だと思います」

尻尾の形は千差万別。

それぞれにそれぞれの良さがある。

「……本当に？」

「本当です。それに、私だけじゃありませんわ。ケイト様のようなかぎ尻尾が、幸運をひっかけてくる、と。そう喜ばれた国も、かつて存在していたんです」

……かつての前世、日本での話だ。

かぎ尻尾が有難がられたおかげで、今でも日本の一部地域では、かぎ尻尾の猫が多いらしかった。

「私にも、彼らの気持ちがわかります。かぎ尻尾が魅力的だったからこそ、そんな言い伝えが生まれたんです。ケイト様の尻尾は揺れるたびに先端の表情が変わってどの角度もとても魅力的で見飽きません。隠すなんてもったいないもっともっと前に出して間近で見せてもらってもふ……触らせてもらいたいくらいです」

つい尻尾トークに熱が入り、地が出かけたようだ。

ケイト様の様子をうかがうと、ぷいと顔を背けられてしまった。

「……私の尻尾が見たいだなんて、変な方ですわね」

言いつつも、ケイト様の先のかぎ尻尾は、嬉しそうに揺れていたのだった。

「……と、いうわけで。無事にケイト様とシエナ様の姉妹喧嘩には決着がついたようですわ」


マニラの日から三日後。

私は陛下に招かれ、ことのあらましを説明していた。

陛下にはケイト様の離宮に、監視の役割を持った使用人を派遣してもらっている。

感謝の気持ちをこめ、塩釜焼きに対する招待客の反応、それにシャンデリアの件などを、私の口から直接報告していた。

「マニラの日、色々と騒がしかったですが、結果的にシエナ様の鼻を明かし、ケイト様は一回り成長されたようでしたわ」

「あぁ。そのようだな。一時はどうなるかと思っていたが、おまえの協力もあり、姉妹喧嘩は拡大することなく収束したようだ。今回の一件、塩釜焼きもシャンデリアの件も、筋書きを書いたのはおまえだろう？　見事なものだったな」

「……ありがたいお言葉です」

礼をする。

褒められて嬉しいけど……陛下にはまだ今回の一件に関して、私に教えていないことがあるはずだ。

「陛下、私の考え違いでしたらすみませんが……」

「何だ？　言ってみろ？」

「シャンデリアが壊された時、陛下によこしていただいた監視の人間は、実行犯が誰だかわからないと言っていましたが……本当は誰が下手人だったか、そして、下手人とシエナ様のつながりも、掴んでいたのではないでしょうか？」

それはちょっとした引っ掛かりだった。

シャンデリアのある部屋の警備を、手薄に見せかけたのは本当だ。

だがそれは、あくまでわざと作った弱点だった。

相手に勘づかれない程度に、それとなく監視を頼んでいたのに、下手人の手掛かりは一つも掴めなかった。

人手の足りないなかでの監視だったので、それも仕方のないことかもしれないけど……。

全く犯人の目星もつかないのは、少しおかしいのではと思っていたのだ。

「陛下は、下手人が誰かわかった上で、あえて泳がせていたのではないでしょうか？　私とケイト様がシャンデリアの破壊にめげず挽回し、上手くマニラの日を回せればそれで良し」

そして現実に、そうなったわけだけど……。

「もし私とケイト様が失敗し、シエナ様が王妃候補になっていた場合。陛下はシエナ様に対し、シャンデリアを破壊した下手人との関わりをつきつけ、優位に立とうとしていたのではないでしょうか？」

推測に推測を重ねた考えを述べると、陛下が静かな瞳で見返してくる。

「……シエナを追い詰める手札を持ちながら傍観していた私を、おまえは軽蔑するか？」

「……いいえ。陛下の立場を考えれば、当然の選択だと思います」

陛下だって無暗にシエナ様、およびその背後にいるガロン様と事を荒立てたくはなかったはずだ。その考えはよくわかるし、国王としてごく妥当な選択だった。

「それに私は、陛下が直接動かれなかったことに感謝しています。もし、事前に陛下がシエナ様を告発されていたら、その余波でマニラの日の食事会も流れ、試行錯誤を重ねた塩釜焼きも、ガロン様達に召し上がっていただけなかったかもしれませんもの」

「……それは結果論だ」

「そうかもしれません。ですが、陛下がその選択をしてくれたのは私と、そして塩釜焼きに期待してくださっていたからでもあるのでしょう？」

陛下に、塩釜焼きを試食していただいた時のことを思い出す。

毒見のために外部の塩は割られていたが、それでも、皿の上に散らばる塩の塊は印象的だったはずだ。塩の塊を木づちで叩き割る食べ方を評価してくれたし、試食もしてくれている。

好物の豚肉を具材にしていたおかげか、陛下は美味しそうに食べてくれていた。

陛下が塩釜焼きを認めたからこそ、シエナ様への対応を私達に任せたのだと思いたかった。

「確かに、陛下がシエナ様を告発されていたら、もっと早く姉妹喧嘩は終わっていたかもしれません。ですがその場合、ケイト様がお父様に認められることもなく、ケイト様とナタリー様の距離が縮まることもなかったはずです。陛下はそこまで考えて、あえて手を出さずにいてくださったのでしょう？」

「……そういうことかもしれないな」

陛下は、否定も肯定もしなかった。

くせ者……いわゆる食えないお方なのかもしれない。

折を見て陛下のおわす本城に招かれるようになったとはいえ、私と陛下は形だけの夫婦だ。

お互い、腹を割って話せないのは当然なのだけど……。

うん、まぁ、それは一旦置いとくとして。

私は今日ここに来た、メインの目的を持ち出すことにした。

先にケイト様の話をしていたのも、ややこしい話を先に片付けるため。

食えない話は終わらせ、食事を始めることにした。

「陛下、お話を聞かせていただき、ありがとうございます。そろそろ夕飯に良い時間になってきましたし、お食事を献上してもよろしいでしょうか？」

「あぁ、そうだな。今日は何を持ってきたのだ？　随分と大きな皿のようだが……」

陛下の視線が、私の背後に控えるルシアンへと向けられる。

ルシアンが持つ盆は、覆い付きの大きなものだった。

「今日、陛下には鶏肉のクリームスープと、トーストというパンを焼いたものを献上したいと思います」

「トースト……。聞き慣れない名前だが、それは大きなパンなのか？」

「薄切りにしたパンで、持ってきたのは一人前くらいの量です」

「では、その大きな盆はなんなのだ？」

「調理器具です」

答えると、陛下がいぶかしんだようだった。

「まさかここで、一から料理を作り始めるつもりか？」

「いえ、さすがにそこまではいたしませんわ」

ルシアンに合図を送り、覆いを取らせて盆の上の品を机上に広げていく。

薄い布をしき、二枚の食パンを乗せた皿と、小鍋に入ったスープなどを置いていく。

食材の横には、取っ手付きの金網が置かれていた。

「……もしやその金網で、食材を炙るつもりか？」

「はい。こちらのスープも食パンも、そのままでもいただけますが、火を入れるとより美味しくなります」

まずはスープからだ。

ルシアンが鍋掴みで小鍋を水平に構え、準備は万端だった。

火を熾すのは炭でも薪でもなく、魔術でもって行った。

魔術による火は魔力の調整さえできれば、道具も無く安定した火力を発揮できる優れもの。

一般的な燃料を使った時に比べ、煙は少ないし燃えカスもでないと良いことずくめだ。

火を燃やし続ける間は魔力が減っていくが、私の魔力は潤沢なので問題ない。

焦がさないよう弱火に調整しつつ、鍋の中身をかき混ぜる。

刻んだ鶏肉と玉ねぎ、それに後入れでじゃがいもを炒め、水と牛乳で煮立たせたものだ。

出来上がり後に冷めてしまっていたが、具材が細かくしてあるため、熱は通りやすくなっていた。

「いい匂いだな」

陛下が呟いた。

ふわり、と。

温められた香りが漂いだす。

まろやかで優しい、食欲をそそるクリームの匂いが、鼻先をくすぐっていく。

「こんなところですね……」

かき混ぜてもぐつぐつとした表面が消えなくなったあたりで、加熱は十分と判断した。

鍋敷きの上へと小鍋を下ろしたルシアンに、今度は金網を構えてもらう。

そのまま食べても美味しい食パンに、更にひと手間かけていく。

温めた金網に乗せ両面に焼き色をつけ、皿の上へと乗せていった。

トーストの横に、小鍋からよそったスープを添えれば完成だ。

「陛下、どうぞ。冷めないうちにお召し上がりください」

「このトーストは、手づかみで食べるものか？」

「はい。こちらのバターをお好みの量塗って、がぶっといっちゃってくださいませ」

少し砕けた言葉で勧めると、陛下が慣れない手つきでバターを塗っていく。

表面にまんべんなく塗れたのを確認し、陛下が白い歯を立てた。

「……！　これは……」

美味いな、と。

陛下が少し驚いたように呟いた。

お世辞ではないようで、見る見るうちにトーストが消えていく。

良かった。

満足していただけたようだ。

美味しそうに頬張る陛下に、こちらも嬉しくなってくる。

献上したのはこの世界では珍しい食パンとはいえ、調理自体はごくシンプルだった。

手軽に作れる、かなり単純な料理だが、きっと陛下にとっては貴重に違いない。

「温かいパンは、これほど美味いものなのだな……」

「はい！　焼きたてのトーストは、それだけでとても美味しいと思います」

――料理は基本的に、できたてが一番美味しくいただけるものだ。

当たり前の事実だが、陛下にはそれが難しい。

陛下が口にするものは、毒見を行い一定時間をおいたものがほとんどだ。

今日のトーストだって、事前に毒見役が口にしてから、ここへ持ち込むことが許可されている。

安全のためには仕方ないが、料理は冷め本来の味や香りが弱まってしまう。

陛下が望めば、温かく食べられるよう工夫させたり、温め直すこともできるだろうけど……陛下の食への無関心っぷりから察するに、そこまで手を加えているとは思えなかった。

……いや、少し違うかも。

ずっと冷めた料理しか食べられなかったからこそ、陛下は食への興味を失っていたのかもしれない。

卵が先か、鶏が先なのか。

私にはわからなかったけれど……。

陛下にとって、温かい食事が久しぶりなのは確かだ。

温められ、温(ぬく)もりと香りを取り戻したクリームスープを、陛下が口へと運んでいる。

鶏肉と野菜の旨味が溶け込んだ、優しい味わいのスープだ。

陛下の好物の鶏肉を使っていることもあり、スプーンが進んでいるようだった。

スプーンへと開かれた唇、上下する喉ぼとけに、思わずどきりとしてしまう。

食事をする姿に、つい視線が引き寄せられてしまった。

陛下の目元がわずかに上気しているのは、スープの熱量を取り入れているから。

そう理解しているが、突き抜けた陛下の美貌のせいか、少し心臓に悪いのだった。

「陛下、よかったらトーストを、スープに浸してみてください。柔らかくなったパンが楽しめますわ」

心臓を誤魔化すように、陛下へと声をかける。

「うむ。……これもいけるな。スープが絡んで、口の中で染み出してくるようだ」

「でしょう？　気に入っていただけ良かったです」

満足げな陛下へとほほ笑んだ。

陛下に献上する料理について、結構迷っていたのだ。

食に無関心な陛下の興味を惹くため、最初は目新しくインパクトがあり、なおかつ美味しい、そんな料理を作ろうかと思っていた。

その一環として、塩釜焼きにも挑戦してみたわけだけど……。

試行錯誤している途中に気づいたのだ。

食材や調理法にこだわっても、毒見の存在がある。陛下の口に届く時には冷めてしまい、できたての美味しさを味わってもらうことは難しかった。

だからこそ、今回は発想を変えることにした。

手早く焼けるトースト。

具材を細かく刻んだスープをその場で温め直し、すぐに召し上がっていただく。

メルヴィン様に確認したところ幸いにも、金網くらいなら持ち込んでも大丈夫で、毒見した後の食材をそのまま加熱する程度なら問題ないようだった。

――そうして選ばれた、トーストとクリームスープの二品。

どちらも特別凝った料理ではなく、教えられれば誰でも作れる、いわばありふれた料理だが、温かい状態で陛下に召し上がっていただけるのだ。

それだけで、作ってみる価値はあるはずだった。

「温かいな……」

陛下の言葉に、私の心も温かくなる。

陛下のその呟きこそが、今日一番欲しい言葉かもしれなかった。

◇◇◇

レティーシアがほのかに胸を温かくした少し前。

「……！　これは……」

トーストを一口食べた瞬間、グレンリードは目を見張った。

「美味いな……」

自然と、言葉が口から零れ落ちる。

料理に対して意識せず賛辞を贈るとは、グレンリードには久しくないことだった。

さくり、さくりと歯を立てる。

香ばしく焼き上げられた表面と、ふんわりとした内部の甘さ。

蕩けたバターの香りが広がり、パンの味わいを引き立てていた。

温められ良い匂いがしていたとはいえ、パン自体はサンドイッチの時と同じものだ。

味の予想も、おおよそついていたはずだったのだが……。

「温かいパンは、これほど美味いものなのだな……」

「はい！　焼きたてのトーストは、それだけでとても美味しいと思います」

レティーシアの表情が輝いた。

嬉しそうな笑いに、グレンリードは少し驚いた。

（狼の前でなくても、このような表情ができるのだな）

驚いたせいか、少し鼓動が速くなった気がした。

レティーシアの笑いは、先ほどまで食えない話をしていた人物と同じとは思えない、裏表を感じさせないものだ。

グレンリードがトーストを美味しいと言ったことに、ただ喜んでいるようだった。

屈託のない笑みを浮かべたレティーシア。

なぜ彼女がグレンリードの一言に、そこまで浮かれているかわからない。

わからないが、決して悪い気はしないことに、グレンリードは気づいてしまった。

（調子が狂うな……）

ほんのりと赤くなった目元を誤魔化すように。

トーストを咀嚼し、味に意識を集中していく。

するとたちまち、温かなパンの香りに夢中になる。

さくさくと小気味良い音を立てるパンは、いくらでも食べられそうだった。

「うむ。……これもいけるな。スープが絡んで、口の中で染み出してくるようだ」

「でしょう？　気に入っていただけて良かったです」

レティーシアに勧められるまま、パンをクリームスープに浸けたりもしてみる。

スープを吸い柔らかくなったパンが口の中でほどけるようだ。

具材の鶏肉も食べやすく一口大に煮込まれていて、中まで旨味が染み込んでいた。

「温かいな……」

満足のため息をつくグレンリードを、レティーシアが嬉しそうに見守っている。

胃の中だけではなく、体のもっと深い場所まで、温もりを帯びたようだった。

温かい、と。

そう感じて初めて、今まで寒かったのだと気づいたのかもしれない。

（私は……）

料理を食べ終えるのが惜しくて、それと同じくらい、レティーシアと別れるのが名残惜しい。

温もりを噛みしめるように、一口一口パンを味わう。

だが無情にも、やがて料理はグレンリードの胃袋へと消え去ってしまった。

食事は終わり、レティーシアが離宮へと帰っていく。

見送ったグレンリードは、自室の椅子へと深く腰掛けた。

「あいつは軽々と、私の予想を超えていくな……」

グレンリードは目を細めた。

塩釜焼きを献上された時、その斬新な食べ方に、ずいぶんと驚かされたものだった。

だからこそ今日の料理は、塩釜焼きほどの驚きはないだろうと思っていたが、見事に覆された結果だ。

グレンリードの想定を、軽々と超えていくレティーシア。

それは何も、料理に限っての話ではなかった。

ケイトの離宮でのマニラの日を巡る騒動。

シャンデリアを壊した犯人を、グレンリードが掴んでいながら動かなかった理由はいくつかある。

たとえシャンデリアが失われ内装の質が落ちようと、斬新な塩釜焼きがあればマニラの日を乗り切れるかも、という考えがあったのは確かだ。

ある意味、レティーシアの塩釜焼きに期待していたのはあるが、期待はあくまで料理の腕に対してだけだった。

（あの操り人形だったナタリーとくせ者のイ・リエナを動かし、王妃候補全員をマニラの日に集めて見せるとは、期待以上だったな）

レティーシアがこの頃、ナタリーと親交を深めているのは知っていた。

だがそれは、ナタリー陣営との不仲説を払しょくするための行動だと思っていたのだ。

まさか、あの短期間でナタリーの心を掴み、ナタリーの父親の操り糸を切るまでの影響力を発揮するとは、なかなかに予想できない事態だった。

イ・リエナの方も、彼女がマニラの日に参加していたのはケイトと、そしておそらくは本命であるレティーシアの様子をうかがうためだ。

レティーシアとイ・リエナは、マニラの日以前にまともに顔を合わせたことは一度しかないはず。だがその一度で、イ・リエナにとってのレティーシアは無視できない存在だと見定められているようだった。

イ・リエナとナタリー。

二人を動かしたことに加え、レティーシアは塩のシャンデリアを作り出し、塩の新しい可能性を示していた。

誰も予想できなかった方法で、マニラの日を大成功に導いたのだ。

「欲しいな……」

ぽつりと、グレンリードは呟いた。

今はまだお飾りの王妃でしかないレティーシアを、名実ともに妃として迎え入れ、彼女の才を生かし国を統治していく。

自分の傍らに彼女が寄り添う風景を思い浮かべ、思わず胸が高鳴った。

あの明るい笑みを、いつも近くで見ていることができたなら。

きっとずっと、温もりを感じていられるはずだ。

「………何を甘いことを」

グレンリードはゆるく頭を振った。

（無理のある未来予想図だ……）

自分の予想を軽々と超えていく、レティーシアの有能さはよくわかっている。

ナタリーや、そしてどうやらケイトの心も掴みはじめているのも確かだ。

だがそれは、あくまでレティーシアが仮初の、お飾りの王妃だからに違いない。

レティーシアを正式なお妃に据えようとした場合、ナタリー達が納得しても、その実家である公爵家が受け入れる可能性は決して高くない。

グレンリードの座すこの国は、五つの小国が集まってできた、複雑で繊細な経緯の上に成立している。

レティーシアがいくら有能とはいえ、異国出身の彼女を正式なお妃に迎えては、反発が大きすぎるはずだ。

「そんなこと、少し考えればわかるはずなのにな……」

グレンリードは苦い笑みを浮かべた。

あり得ない未来図を夢想してしまったのは、それだけレティーシアの、彼女の料理を気に入ったせいかもしれなかった。

レティーシアがグレンリードのために料理を作り、グレンリードが美味しいと告げるとレティーシアが笑みを浮かべる。

ただそれだけの、夫婦の男女ならば当たり前なやりとりが、グレンリードには妙にこそばゆかった。

男は胃袋を掴まれると弱い。

そう耳にしたことはあったが、まさか自分自身がそうなるとは、食に興味が薄いはずのグレンリードは驚きだった。

◇◇◇

「レティーシア様！　そちらの鍋は煮えましたか？」

「もう少しです。終わり次第、サンドイッチの盛り付けに回りますわ」

鍋から顔を横に向け、ジルバートさんへと返答した。

周囲のうるささに負けないよう、声量は大きめだった。

昼前の厨房は、それはもう喧騒（けんそう）を極めている。

原因は今日、離宮周りの工事が終わるからだった。

大工さん達への、労い（ねぎら）と打ち上げを兼ねたささやかな食事会。その準備のためだ。

「野菜スープはこれで完成、っと」

出来上がりを確かめ、素早く次の料理へと移ってゆく。

めまぐるしくも充実した忙しさだ。

料理人の人手が足りないため、私も協力することになった。

祖国ではありえない振る舞いだが、離宮の使用人達は私の料理好きをよく知っている。趣味の一環として、当たり前に受け入れられている。

「レティーシア様、悪いのですが手が空きましたら、外の様子を見てきてもらえますでしょうか？」

「わかりました。行ってきますね」

サンドイッチを並べ終える。

厨房を出て、離宮の外へと向かった。

今日の工事完成の食事会は、屋外で行うことになっている。

大工さん達の数が多く、室内では手狭だというのもあるけど――――、

「……うん！　我ながら見事な改造っぷりよね‼」

離宮の周囲を軽く見渡す。

劇的改造なビフォーアフターだ。

森の中に佇んでいた、静かな離宮がなんということでしょうか‼

「ぎゅあっ‼」

伸びやかな鳴き声が響いた。

離宮の上空には、力強く空を駆けるフォンの雄姿があった。

私の姿を見て、フォンが翼を軽くはためかせる。

美しく陽光を弾く毛並み、名馬のごとき悠然たる佇まい。

その背後には木を組み上げた小屋、フォンのための寝床が建てられていた。

シンプルな作りだが、だからこそ周囲の景色に溶け込み、フォンの姿を引き立てているようだ。

番犬ならぬ番グリフォンの小屋が、正面横に構えられた私の離宮。

横へと回ると周囲を覆う木立が開け、走り回る犬達が目に入る。

「わうっ‼　わうわうわうっ‼」

伴獣のグルルだ。

完成したドッグランを、のびのびと走り回っていた。

グルルは垂れ下がった大きな耳を跳ねさせ、他の小型犬達と戯れているようだ。

地面は平らにならされ、芝が綺麗に植えられていた。

「いっちゃんには感謝しないとね」

芝を整えるのに、庭師猫の力を使い協力してくれたいっちゃん。

苺の季節が終わり、力を持て余していたせいか、料理の提供と引き換えに助力してくれていた。

いっちゃんは苺に目が無いけど、苺以外の料理にも興味津々だ。

どうやら最近はサンドイッチなど、新規開拓も目論(もくろ)んでいるらしい。

元々が、苺料理が食べたいという一念で私の元へやってきたいっちゃんなので、グルメ探求には抜かりないようだった。

そんないっちゃんのために、森の中の苺畑へと小道が整備されている。

畑用の土地も広めに拓いてもらっているので、上手くいけば来年の春には、今年以上の苺祭りが開催されるはずだ。

「レティーシア様‼　丁度良いところです‼　もうすぐ出来上がりますよ‼」

「ありがとう‼　今行くわ‼」

呼び声の方角からは、こんがりと焼き上がったピザの匂いが漂ってくる。

離宮の裏庭部分に鎮座する、どっしりとした石窯だ。

積み重ねられた石は隙間なく、素朴ながらも頼もしい作りだった。

庭に石窯を構え、焼きたてのピザを頬張る。

「これぞスローライフ‼　って感じよね」

前世の雑誌やテレビで見ていた、憧れの風景の実現だ。

調理効率だけで言えば、厨房で全て作った方が早いのだろうけど、そこはいわゆるロマン枠。

私も魔術で石窯作りに協力しつつ、ちょっとした贅沢を実現したのだった。

「ピザ、上手く焼けたかしら？」

漂う香ばしい匂いを吸い込みながら、石窯を覗き込む料理人へと声をかける。

「大成功です‼　何度か試作を重ねたおかげですね‼」

石窯から、丁度ピザを取り出すところだったようだ。

忙しそうな料理人に代わり、ピザを傍らのテーブルに置き、食べやすいよう切れ込みを入れていく。

初夏の陽光を浴び、ピザの表面がきらりと輝いた。

今が旬のトマトを使ったおかげで、つやつやとした赤色が目に眩しい。

生地はふちの部分がもっちりとした、弾力のあるナポリ風。

焼き色のついたチーズと、トマトの赤に映えるバジルが乗っかっている。

トッピングはピザごとに少しずつ変えてあり、ソーセージをスライスしたもの、鶏肉を使用したもの、香辛料を利かせピリ辛に仕上げたものなどが、どんどんと運ばれてきている。

せっせせっせと切れ目を入れ、ルシアンと共に食事会のテーブルへと運んでいく。

「レティーシア様、皿を貸してくだせぇ。運ぶのを手伝いますよ」

「ありがとうございます。頼みますね」

手伝いを申し出てくれた大工の一人へと、ピザが乗った皿を手渡した。

この工事期間の間に、大工さん達ともだいぶ仲良くなっている。

サンドイッチを出して感想を聞きに行ったり、魔術で工事に協力していたおかげで、会話する機会も多かった。

だがそんな彼らとも、今日ここでお別れだ。

少し寂しいけど、彼らには彼らの、向かうべき次の仕事があった。

一区切りをつけ、彼らに感謝を伝え送り出す。それが今日の食事会の目的だった。

「レティーシア様の麗しい姿が拝めなくなるなんて、俺は明日からどうやって生きてけばいいんでしょうか？」

芝居がかった仕草で、ハンスさんが話しかけてくる。

私の横を、歩調を合わせ歩き出したハンスさんだったけど、

「おっ⁉　ぐー様ですか？　ぐー様も、この匂いに釣られてやってきたんでしょうか？」

ぐー様の姿に瞳を輝かせている。

軽い女好きのハンスさんだけど、ぐー様を前にした時は、純粋な少年のような顔をしていた。

「ぐぅぅぅぅっ」

『尊敬のまなざしは悪くないが、それはそれとしてそこをどけ』

とでも言いたげな鳴き声とともに、私とハンスさんの間に割り込んでくるぐー様。

「どうしたのぐー様？　そんなにピザが気になるの？」

すぐ横を歩くぐー様に声をかけつつ、少し残念に思った。

私の両手にはピザが乗った皿がある。

すぐそばにぐー様がいるのに、毛皮を撫でることができなかった。

「猫の手も借りたい……？　いや、この場合は少し違うかしら？」

手が二本では足りないという、贅沢な悩みを抱えながら。

ピザを配膳し終え、食事会が始まりを告げた。

「美味いです‼　チーズが蕩けてますね‼」

石窯で焼いたピザは、大工達にとても好評だった。

自分達の作った石窯で焼かれたピザだけあって、感動も倍増のようだ。

「仕事の成果を見ながら美味い料理を食べる！　大工冥利に尽きるな‼」

大工頭のカーターさんが、ドッグランを見ながらピザを頬張った。

今日、打ち上げ会を外で行ったのは、大工達に公示工事してもらった成果を見ながら、食事をしてもらいたかったからだ。

幸い今日は天気も良く、爽やかな風が頬を撫でている。

風にのり明るい声と、よく焼けたチーズの香りが漂ってくる。

陽気な雰囲気の中、次々とピザが食べられていくのを、ぐー様がじっと見つめていた。

「ぐるぅぅぅっ？」

『おい、私の分のピザはないのか？』

と催促するように、低い唸り声を上げていた。

「ぐー様、ちょっと待っててね。今頼んで、狼用のピザを焼いてもらっているところよ」

ぐー様をなだめつつ、石窯の方を見る。

今日焼いたピザには玉ねぎなど、イヌ科には毒な食材も多かった。

なので人間用とは別に玉ねぎを抜き塩は控えめ。肉を多くしたピザを石窯に仕込んでいた。

「二枚あるけど、ぐー様にあげるのは二切れだけよ？　残りは、他の狼達にもわけてあげないとね」

「むぐぅぅぅっ……」

『むぅ。狼のためなら仕方ないな。認めてやろう』

と渋々ながらも納得したように、ぐー様が私の横に座った。

前足を揃えた礼儀正しく、ちょこんとした座り方が愛らしい。

精悍に整った横顔をしているが、鼻先が石窯へと向いている。

待ちきれないというように、尻尾がぱたりぱたりと振られる。ピザへの期待でいっぱいのようだ。

ぐー様、気難しい性格のせいか食が細いと聞いていたけど……。

最近は食に前向きというか、前のめりのような気がする。

私は狼番のモール爺さんから、ぐー様に料理をあげていいと許可をもらっている。

ぐー様が自ら料理をねだるなら、ぜひ与えてやってくれと言われていた。

「ふふ、ぐー様って食に関しては、少し陛下に似ているのかもね？」

狼と陛下を比べるなんて、恐れ多いことかもしれない。

でもなんとなく、瞳の色が同じせいか、たまに印象が重なることがあった。

そんな私の思いを知ってか知らずか、ぐー様はそっぽを向いてしまっている。

私の呟きよりずっと、ピザの焼き上がりの方が重要なようだ。

「待っててね。もうすぐ食べられるわ」

ぐー様の期待に添えるよう、石窯から出したピザに切れ目を入れていく。

狼用の皿に乗せ出してやると、さっそくぐー様が食いつく。

牙で噛み切り、見る見るうちにピザを胃袋へ納めていった。

「気に入ってもらえたのかしら？　いい食べっぷりね」

美味しそうに食べるぐー様の姿に、自然と目じりが垂れ下がる。

チーズが撥ね目元についてしまったせいか、少し慌てた様子が面白い。

手を出しチーズを取ってやると、

『この程度で礼は言わんからな』

と照れつつも、誤魔化すようにピザを口にした。

夢中なぐー様だったけど、ふいにその動きが止まった。

ふんふんと鼻を鳴らし、離宮の敷地の入口、来客が来る方角へと顔を向ける。

耳はピンと立ち、四肢はしっかりと広げられている。

ぐー様には珍しく、警戒心を露にしているようだった。

「きゅあぁぁっ‼」

「お、なんだなんだ？」

「グリフォンが鳴いてるが、なんかあったのか？」

大工達がざわめいた。

フォンは賢い。番犬の役割を忠実に果たし、無駄鳴きをすることはほとんどなかった。

もしや不審者か何かが、侵入しようとしているのだろうか？

少し警戒しつつ、フォンとぐー様が顔を向ける、離宮敷地の入口へと目を凝らす。

「失礼しまーす。お騒がせしてすみませんね」

軽い掛け声とともに、一頭と一人が姿を見せる。

青みがかった黒髪の青年と、見慣れない生き物の組み合わせだった。

「あの生き物はもしかして、鱗馬……？」

馬ほどの大きさで、二本の後ろ足で立つ、トカゲのような外見だ。

全身が薄茶の鱗で覆われ、顔の側面には黒く円らな瞳がついている。

実際に見るのは初めてだが、確か南方大陸では、馬同様に扱われる家畜のはずだ。

大きなトカゲの姿だと聞いていたから、恐竜のような外見を想像していたけど……。

思っていたよりもひょうきんで、愛嬌のある顔をしていた。

鱗馬を従える、あの青年は誰だろう？

顔の作りや肌の色は、この大陸西部の人間のようだった。青年の身元を確かめるべく、離宮の主として声をかけることにする。

「ごきげんよう。初めまして。私がこの離宮の主のレティーシアです。どのようなご用件で、こちらにいらっしゃったのですか？」

「おっ、そちらからすみません。オレの名はヘイルート。画家をやらしてもらっています。爵位も何もない平民ですが、怪しいものじゃありませんよ？」

青年――ヘイルートさんが小さな木の札を掲げた。

城に勤める人間や、身元の確かな商人などに発行される入城許可証だ。これがあれば王城の敷地内にあるこの離宮まで、足を運ぶことも可能だった。

「久しぶりに王都に戻ってきたついでに、こちらを訪問させてもらったんですが……」

ヘイルートさんの視線は私ではなく、その横のぐー様に引き寄せられたようだった。

「……その狼、口にチーズまで付けちゃって、ずいぶんとレティーシア様に懐いてるんですね」

からかうように、髪と同じ紺色の瞳を細めるヘイルートさん。

人懐っこそうな、へにゃりとした笑いだった。

「ぐぐぅっ……」

『厄介な奴に見られてしまった……』

と言わんばかりに、不機嫌さ全開で唸るぐー様。

フォンのヘイルートさんへと向ける視線も鋭く、上空からじっと睥睨（へいげい）している。

が、当のヘイルートさんは怯えることもなく、飄々（ひょうひょう）とした雰囲気のままだった。

「ヘイルートさんは画家、なのですよね？」

「えぇ、そうです。らしくないって言われることもありますが、オレは画家一筋の人間ですよ？」

「ぐぁあっ？」

『嘘をつけ』とでも言うように、ぐー様がヘイルートさんへ低く唸る。

ぐー様といいフォンといい、どうもヘイルートさんへのあたりが厳しい気がした。

「画家ということでしたら、もしや何か顔料などで、匂いの強いものを持ち歩いてたりしますか？」

「匂いますか？」

「いえ、そんなことはないのですけどぐー様……この狼が妙に反応しているんです。人間にはわからない程度の、残り香か何かがあるのかなと思ったんです」

「あぁ、そういうことでしたか」

ヘイルートさんが眉を下げ、左手で頭をかいている。

「オレ、昔からこうなんですよ。犬とか猫とか鳥とか、どうも動物に嫌われやすいみたいで」

「それは、不便な体質ですね……」

たまにいるよね。

何もしてないのに、なぜだか動物に避けられてしまう体質の人。

フェロモンのせいだとか、はたまた声の周波数のせいだとか日本では言われてたけど、詳しい原因は不明のはずだった。

ぐー様に唸られヘイルートさんが平然としているのは、動物に嫌われ慣れているからのようだ。

「まぁ、と言っても普段は、近づいて触ろうとすると逃げられるとか、その程度のはずなんで問題ありません。そこの狼は、色々敏感なのかもしれませんね」

「そうなんでしたの。……ぐー様、この狼にとってヘイルートさんは、逆またたびのようなものなんでしょうか？」

「オレが、逆またたび……」

ヘイルートさんは笑っているとも言えない、曖昧な表情をしていた。

またたびがどうかしたのだろうか？

この世界、ナスが見当たらないように、生えている植物にも地球と違いがあった。

そんな中、またたびは普通に存在している。

加工品が猫および、ネコ科を惹きつけるという特性も一緒だ。

……そしてこの、ネコ科に対しても効く、というのがこの国では問題だったりする。

山猫族の獣人は、猫の耳と尻尾を備えているせいか、またたびが強い効果を発揮した。

個人差があるとはいえ、酷い場合は酩酊状態になり、我を忘れてしまうようだった。

山猫族を魅了し狂わせるまたたび及び加工品は、この国では所持や売買が禁止されている。

違法禁止植物またたびという呼び名。そして裏で高値で取引される、闇またたびなる存在を知った時、吹き出した私は悪くないと思う。

日本との違いに、つい笑いかけてしまう。

「ふふ、ヘイルートさんは何か、またたびに関して思い入れがあるのですか？」

「えぇまぁ、またたびが大好きなお方を一人、オレは知っていますからね」

あのまたたびへの執着はすごかった、と。

ヘイルートさんが鱗馬を撫でながら呟いた。

鱗馬は円らな黒い瞳で、じっと撫でられるがままだった。

「その鱗馬、よく懐いていますね。ヘイルートさんが馬じゃなく鱗馬を連れてるのも、体質のせいだったりするのですか？」

「えぇ、その通りっすね。国から連れてきた馬が駄目になってしまって、新しい馬を探してる時、偶然この鱗馬に出会ったんです。オレ、鱗のある生き物には嫌われにくいみたいなんで、ちょうどいいんで乗っけてもらってるんですよ」

「そうでしたの。国から連れてきた、ということは、ご出身は別の国なのですか？」

「ライオルベルンです。この国に来たのは、二年くらい前になりますね」

「まぁ、ライオルベルンから！」

ご飯の美味しい国ライオルベルン。

私の食に偏った脳みそでは、真っ先に思い浮かぶのがそれだ。

祖国からの国外追放が決まった時、行先として期待していた国の一つだったりする。

「ずいぶんと遠くからいらしたんですね。なぜライオルベルンからこの国へ？」

「画家修業のようなものですね。この国は獣人が多いだけあって、独特な文化も多いでしょう？　ぜひこの目で、直接見てみたいと思ったんですよ」

「情熱的なんですね。どのような絵を描かれるんですか？」

「仕事としては、肖像画が多いですね。作品例はこれです」

ヘイルートさんが懐から、小さなロケットを取り出した。

蓋が開く。中には精緻な筆致で描かれた、小さな肖像画が納められていた。

「お上手ですね！　今日こちらにいらしたのも、画家として売り込みにいらしたのですか？」

「それもありますが、もう少し個人的な用事ですよ」

「個人的な？」

「ががぅっ？」

私の声と、

『なんだなんだ？　さっさと用向きを吐け』

と言いたげなぐー様の唸り声が重なった。

「レティーシア様に一度、お会いしとこうと思ったんですよ。オレ、クロード様とは飲み友達でしたから」

「クロードお兄様と……？」

三人いる私のお兄様のうち、一番下のお兄様だ。

確か一年半ほど前に、仕事でこの国に来たことがあるはずだ。

どうやらその時、ヘイルートさんと交友関係を築いていたらしい。

言われてみれば、ヘイルートさんとクロードお兄様は二人とも、飄々としたゆるい雰囲気の持ち主だ。似た者同士、意気投合したのも自然なことかもしれない。

「飲みに行った時にクロード様から、レティーシア様のことはお聞きしていました。こうしてお会いできて光栄ですよ」

「ありがとうございます。…………兄がお世話になりました」

クロードお兄様、本と怠惰を愛する穏やかな方だけど……。

妹の私の目から見ても、私生活は駄目人間に片足を突っこんでるからなぁ。

仕事はきっちりとこなすけど、私以上にマイペースで我が道を突き進むタイプだった。

「あはは、そこはお互い様ってやつですよ」

軽く笑うヘイルートさん。

彼とはその後少し立ち話をし、後日また改めて訪ねてきてもらうことになったのだった。

◇◇◇

「さてと、それじゃいったん、お暇しますかね、っと」

「ぎゃうっ‼」

ヘイルートを乗せた鱗馬が、鳴き声を上げ歩き出す。

レティーシアの離宮から森の中の道を少し行ったところで、ヘイルートはすいと瞳を眇（すが）めた。

「あれは……………」

見つめるのは進行方向の脇、木々の生い茂った空間だ。

濃淡の緑が木陰に沈む、人の目では見通せない暗がり。

ヘイルートはしばらく観察すると、鱗馬を静止させ降り立った。

「少しだけ、ここで待っててくれよ？」

「ぎゃぎゃっ‼」

『了解です‼』

とばかりに鳴く鱗馬。

円らな黒い瞳が、主を親しげに見ている。

ヘイルートがひんやりとした滑らかな首を撫でてやると、気持ちよさそうに目を細めていた。

「うーん、やはり懐いてくれる獣は、かわいいものなんですね」

ヘイルートはしみじみと述懐し、森の薄闇を進んだ。

とある事情により、ヘイルートは犬猫などに嫌われやすかった。

馬も同じで、振り落とされることこそ無いものの、心を開いてくれたことは無い。

だからこそ、鱗馬の存在は新鮮だったのだ。

ヘイルートの生まれ故郷、ライオルベルン王国では、乗騎用の獣は馬がほとんどだ。

鱗馬と出会えたのは、ヴォルフヴァルト王国での思いがけない収穫だった。

「……他のことも、鱗馬との関係みたいに上手くいけばいいんですがね～」

ヘイルートは呟いた。

今度の言葉は独り言ではない。

進む先、木立が作る暗がりに人影があった。

「久しぶりだな、ヘイルート」

薄闇の中のわずかな光にさえ、美しく煌めく銀髪だった。

供の一人も連れないグレンリードが、冷ややかな視線で一人立っている。

狼の姿で森の中を進み、人の姿に戻り待ち構えていたようだ。

「グレンリード陛下、お久しぶりです。それとも、さっきぶりとでも言いましょうか？　ピザ、美味しかったですか？」

「……先ほど見たことは忘れろ」

グレンリードが忌々しそうに命じた。

ヘイルートは、グレンリードが狼の姿に変じることを知る数少ない人物だ。

今更、狼の姿を見られても問題はないのだが、レティーシアの離宮でピザに夢中になっていたのを指摘されるのは、好ましくないようだった。

「へいへい、わかりましたよっと。陛下がその気になったら、オレなんてひとたまりもないですからね」

「そうしてくれ。私の方だって、おまえの主人と険悪になりたくはないからな」

肩をすくめるヘイルートへと、グレンリードは淡々と返した。

「それにしてもおまえ、私の前に顔を出すより前に、なぜレティーシアの元を訪ねたのだ？」

無表情なグレンリードだが、声にはどこか不機嫌そうな響きがあった。

ヘイルートは興味を覚えつつ、へらりと軽薄な笑みを浮かべる。

「陛下、どうしたんですか？　そんなにオレが、レティーシア様に接触したのがお嫌なんですか？」

「……別に、そういったわけではない。少し疑問に思っただけだ」

「たいした理由はありませんよ。レティーシア様、色々と噂は聞いてましたし、あのクロード様の妹でしょう？　これはぜひ一度ご尊顔を拝まねばと、はりきっちゃったわけですよ」

茶化しつつ、ヘイルートはレティーシアの兄、クロードの言葉を思い出した。

『うちの妹は可愛いよ。強か（したた）だし、笑顔が怖くて圧力があるけど、話してみれば可愛さがわかるはずさ』

という、褒めているのかけなしているのか微妙な、それでいて妹への愛情にあふれた紹介だ。

……確かにクロードの言った通り、とても美しく可愛らしい少女だった。

笑顔が怖い、と聞いていたがそんなことも無く、明るく親しみやすそうな雰囲気の持ち主に見えた。

「ま、でも。公爵令嬢で王妃のレティーシア様が、自ら料理を振る舞う姿は、少し驚きましたけどね。本当は今日は、離宮の使用人に言伝でも頼んで、後日お会いできたらいいな、程度の予定でした。離宮の前庭に出ていたレティーシア様とお話しできたのは、ただの偶然みたいなもんですよ」

だからそんなに警戒しなくても大丈夫だと。

無言で伝えるように、ヘイルートはグレンリードを見た。

「陛下はずいぶん、レティーシア様のことを気にかけてるんですね？　わざわざオレを追いかけて話をしようなんて、少し意外でしたよ」

「元々、王都に帰ってきたおまえと、一度話がしたいと思っていたところだ。表向きは画家のおまえと、私が正面から会おうと思うとそれなりに厄介だろう？　ちょうどいい機会だから、追いかけて話を聞こうとしただけだ」

「そうっすか。ありがたい話です」

ヘイルートはグレンリードの言葉に応えた。

王都を離れていた間に仕入れた、いくつかの話を手短に語っていく。

グレンリードはヘイルートの目的のため、それなりに協力をしてくれていた。王城への入城許可証もその一環。

完全に信頼し合っているわけではないが、便宜を図ってもらっている以上、それなりの返礼は必要だった。

「……なるほど。いくつか興味深い話もあったことだし、書面にまとめ改めて私へと届けてくれ」

「もちろん、そうさせてもらうつもりです。他に何か、オレへの用件はありますか？」

「そうだな……。一つ忠告しておこう」

グレンリードの青みがかった碧の瞳が、ヘイルートを軽く一瞥する。

（おっかないな）

目が合ったのは一瞬。

だがそれだけでも十分に、圧力を感じる視線だった。

「レティーシアに近づき、様子を探りたいのもわかるが、軽い気持ちならやめておけ。あいつは時に、軽々と予想の上をいく相手だ。何が起こるか保証はできかねるし、わかっているだろうが、形だけとはいえ彼女は私の王妃だ。あまり近づきすぎ、誤解を招かないようにしておけ」

「……そこはご心配なく。オレはもてませんからね」

かさぶたを引っ掻くようなむずがゆさが、ヘイルートの中で生まれ消えた。

グレンリードは少しだけ目を細めた後、銀狼へと姿を変え森の中へ去っていった。

銀狼を見送ると、ヘイルートはレティーシアの離宮の方角を見つめる。

「……あのクロード様の妹で、しかも陛下がご執心ときましたか」

これは本格的に、レティーシア様について情報を集めるべきですかね、と。

胸の中で呟いたヘイルートなのだった。

七章　もふもふ達の生きるこの国で

ヘイルートさんと出会って数日後。

その日私は、離宮でケイト様をもてなしていた。

「う～ん、美味しいですわね‼　サクサクしてて、いくらでも食べてしまえそうよ‼」

かぎ尻尾の先端を揺らし、美味しさを表現するケイト様。

手にしているのは、切り分けられたアプリコットパイだ。

シロップに漬け込まれた杏が、さっくりとしたパイ生地で包まれている。

至福の表情を浮かべるケイト様を見つつ、私も一切れ、艶やかな杏が並ぶパイを口に運んだ。

バターの香り豊かなパイ生地と、しっとりとした杏の果肉。

杏の美味しさが、口いっぱいに広がった。

パイ生地が崩れ杏の果汁を吸い込み、しっとりとした食感で舌を楽しませていく。

「庭の石窯で、こんな美味しいパイが焼けるなんてね」

うちの離宮の庭先にも、石窯を作らせましょうか、と。

半ば真剣に検討するケイト様。

杏が好物ということで作ったアプリコットパイ、気に入ってもらえたようだった。

「ケイト様、今お出ししたパイと一緒に焼いたパイが二つほどありますから、お土産に持って帰りますか?」

「‼　良いのかしら⁉」

「美味しく召し上がっていただけたら、料理人も喜ぶと思います」

「ありがとうございます‼」

ぱあっと、顔を輝かせるケイト様。

喜びを全開にした表情に、こちらも嬉しくなってくる。

感情豊かで、それが貴族としては短所にもなりうるケイト様。

そんな彼女が血筋はあるとはいえ、今まで王妃候補としてやってこられたのは、裏表無く感情を伝える、その人柄があってのことかもしれなかった。

「いただいたアプリコットパイ、離宮に集まった職人達をねぎらうため、分けてやっても大丈夫ですか?」

「ええ、構いませんわ。彼らには私も、お世話になりましたもの」

美味しいものを独り占めするのではなく、部下とも分け合おうとするケイト様。

そんなところも、部下に慕われる理由なのかもしれないと思いつつ、ケイト様の離宮の方角を見た。

ケイト様の離宮に集まっているのは、塩の加工を生業(なりわい)とする職人達だ。

私が『整錬』で作ったシャンデリアは既にもろく、軽い衝撃でも欠けるようになっていた。

そこで魔術を用いずシャンデリアを作り直すため、急遽(きゅうきょ)職人が集められたのだ。

職人達はシャンデリアを塩で作りつつ、新たな塩の加工技術を磨いているらしい。

私も塩のシャンデリアを作る時、塩について詳しい彼らの意見を聞いていた。

長年塩を取り扱ってきた職人達の技術は確かで、知識も豊富だった。

そう遠くない未来に、私の作った塩のシャンデリアに迫る品を、自力で作り上げるかもしれない。

私がやったのは、いわばきっかけを与えただけ。

料理だって同じだ。地球の知識を元にしたレシピを伝えたら、ジルバートさんがすさまじい速さで吸収し、改良していったのを覚えている。

この世界の、その道の達人と協力すること。

それが上手くいくコツのようだった。

「レティーシア様、本日はおもてなしいただき、ありがとうございました。次の来訪の予定ですが、十日ほど後でいいかしら？」

ケイト様に尋ねられる。

最後のアプリコットパイを食べ終えたようだ。

ケイト様がこの離宮にやってきたのは、お菓子に舌鼓を打つため……だけではなかった。

塩のシャンデリアや、マニラの日のこまごまとした後始末について、話を聞くためだ。

おおよそ聞きたかった話は聞けたけど、塩のシャンデリアの作り直しなど、いくつか進展が気になることが残っていた。

「そうですね、私も十日ほど後に一度お会いしたいのですけど、具体的な日時のご希望はありますか？」

「十一日後の、昼過ぎはどうかしら？」

「……すみません。その日は少し、外してもらえませんか？」

「え？　何かご予定でもあるんですか？」

ぱちくりと、目をまたたかせるケイト様。

……どうやらこちらのことを、予定の一つもない暇人だと考えていたようで、意外だったらしい。

私がマイペースに暮らしているのは否定しないが、素直すぎる反応に少し苦笑した。

「その日の午後はちょうど、ナタリー様とお茶会をする予定なんです」

「まぁ、そうだったの。失礼しましたわ」

謝りつつ、ケイト様は考え込んでいたようだった。

「レティーシア様、もしよろしかったら、私もお茶会に御一緒してもよろしいでしょうか？」

「ナタリー様と？」

「……はい」

ケイト様が、迷いを見せつつも頷いている。

「マニラの日に、ナタリー様を招いて以来、お礼状などのやり取りはさせてもらっているわ。でも、その、手紙だけじゃもどかしいというか、伝わらないものもあるというか……」

ナタリー様の手紙、かぁ。

私も何通かやりとりしてるけど……。

教科書のお手本みたいにそつが無い、ナタリー様個人の考えは伝わってこない文面だった。

他の王妃候補を知ろうとするケイト様が、もどかしく思うのも当然だ。

「私がナタリー様の元を直接訪ねるか、逆にこちらに来てもらえれば話が早いのだけど……」

「お互いの背負っているものを考えると、それも難しいですわよね……」

ケイト様とナタリー様が歩み寄ろうと思っても、配下の反応は複雑に違いない。

四人の王妃候補のうち、最も対立していた陣営の二人だ。

マニラの日のような例外以外、直接どちらかの陣地に相手を招き入れ交流するには、しがらみが多いようだった。

「わかりました。ナタリー様に一度、ケイト様もお招きしてよいかどうか、手紙を出してみたいと思います」

「……ありがとうございます。でも、いいんですか？」

ケイト様はどうやら、私があっさり頷くとは思っていなかったようだ。

それも当然かもしれない。

私は基本的に、この離宮にひきこもっていた。

物理的な意味ではもちろん、政治的な意味でも、だ。

そんな私が、ケイト様とナタリー様の間を取り持つように動くのは、ケイト様には予想外のようだった。

「ええ、大丈夫です。私も少し、考えていることがありますから」

そう言って私は、安心させるよう笑った。

「……レティーシア様のお考えとは、何なのですか？」

ナタリー様との仲を取り持ってくれと、そう頼み込んできたケイト様。

私がそれを受け入れると、ケイト様は不思議そうな顔をしていた。

彼女は疑問を隠さず、直接私へ問いかけることにしたようだ。

「レティーシア様は今まで、この離宮で静かにされていたはずです。私達、次期王妃候補に対しても、一歩引いた立場を貫かれていましたよね？」

「はい。ですがそろそろ、私も動こうかと思うのです」

「……なぜ、今になって？　レティーシア様はあと二年、お飾りの王妃として離宮で過ごしていれば、それで問題ないはずでしょう？」

ケイト様の言葉は直球だ。

会話の駆け引きを仕掛けることも無く、私の考えを見定めようとしてくる。

その行動はきっと、国を案じる彼女本来のまっすぐな気性によるもので。

同時に、私のことをただの政治上の関係者ではなく、友人のように扱ってくれているからかもしれない。

……そんなケイト様になら、私の考えを話しても大丈夫だと思えた。

「ケイト様。私は今まで、お客様気分だったと思うのです」

「お客様？」

「私は、この国で生まれた人間ではありません。王妃として嫁いできたのだって期間限定で、だからこそケイト様達も、次期王妃の座を巡って動いていらっしゃったでしょう？」

「ええ、そうね」

頷きつつも、ケイト様は複雑そうな顔をしている。

今はもう、次期王妃の座を望んでいないからだ。

自分自身に、王妃たる資質が無いと判断したケイト様。

この国を案じる彼女と同じ思いが、私の中にも宿り始めていた。

「私はこの国のいわば客人として、のんびりと引きこもって過ごそうと思いましたが……。少しだけ、考えを変えようと思うのです」

そう、ほんの少しだけ。

まったりと過ごす基本方針は変わらなくても。

この国の未来のために、動いていこうと思うのだ。

「エドガーにジルバートさん、いっちゃんにフォン、ぐー様に狼達。ナタリー様や、もちろんケイト様も。……私はこの国に来て、たくさんの大切な存在ができました」

人間に獣人、それにもふもふ達。

種族も立場も違うけど、私はみんなが好きだ。

「王妃の座を退いた後、私がこの国に留まるかはまだわかりませんが……。王妃を辞めてそれで全てお終い、という訳にはいかなくなったんです」

私が去ろうと去るまいと。

エドガー達の人生は、この国で続いていくのだ。

「この国の行く先が、実り多く安らかであるように、と。私もそう願うようになりました」

そう思いを口にする私の脳内には、なぜか。

グレンリード陛下の姿が思い浮かんだ。

……どうしてだろうか？

私の作った料理を、美味しいと食べてくれたグレンリード陛下。

スープの熱でほんのりと緩んだ目元を、やけに鮮明に思い出す。

胸が騒いで、とくりと鼓動が速まった。

「レティーシア様？」

いけないいけない。

今はケイト様の前だ。

「いえ、なんでもありません。……王妃になって以来、陛下には色々とお世話になっています。陛下のためにも、私は私なりに、この国の役に立てたらと思ったのです」

言葉にすることで、自分の心の内がわかった気がする。

グレンリード陛下との関係は、王とお飾りの王妃として始まった。

今もそれは変わらないけど、料理を介して少しだけ、距離が縮まった気がする。

私の方では、親しみのようなものも覚え始めていた。

……陛下が私のことを、どう考えているかはわからなくても。

この国の未来のためにも、陛下には健やかでいて欲しかった。

「私はよそ者ですが、だからこそできることもあると思います。この国の人間同士では、過去のしがらみが邪魔して、手を取り合いにくいことも多いでしょう？　そんな時、私はその方々の交友を、手助けできたらと思うのです」

「……だから、私とナタリー様の仲を取り持つ気になったのね？」

「えぇ、その通りです。私にできることは、そう多くはありませんから」

王妃の立場を振りかざし、政治に口を挟むつもりは無かった。

私は私にできることを、この離宮でやるだけ。

料理を振る舞い、ケイト様達の話し相手になり、ちょっとした交流の場を取り持つ。

それが私の役割だ。

「ケイト様達が仲を深められるよう、私も微力ながらお力添えをさせてもらうつもりです。ケイト様にも、ご協力をお願いできますか？」

「もちろんよ！　……でも、不思議ね？　私の方が頼み込んだ立場なのに、なんでレティーシア様がお願いしてるんですの？」

「それが、私の願いでもあるからです」

ナタリー様とケイト様。

相性は未知数だけど、二人とも優しく、責任感の強い性格だ。

互いを尊重する思いがあれば、上手くいく可能性はあるはずだった。

「……わかったわ。せっかく頼まれたんだもの。力いっぱい、ナタリー様と仲良くなってみせるわ！　私のかぎ尻尾で、幸運をひっかけてみせるわ‼」

宣言するケイト様の、かぎ尻尾が天を向くようにぴんと立つ。

つい先日まで、かぎ尻尾を恥ずかしがっていた彼女の変化が、私には眩く映った。


――ケイト様にナタリー様、いっちゃんにフォンに狼、そして陛下とぐー様。

この国で出会い、交流を深めた人ともふもふ達と共に、私のお飾りの王妃生活は続くのだった。

書き下ろし番外編①

料理長は
野菜を片手に
かく語る
268

書き下ろし番外編②

空を自由に
飛んでみよう
280

Extra edition

書き下ろし番外編① 料理長は野菜を片手にかく語る

「うぅ、そろそろか……」
厨房の片隅で、料理長のジルバートがぽつりと呟いた。
眉は下がり、顔は血の気が引いている。
「苺のこと、陛下は気に入ってくださるだろうか……」
レティーシアがグレンリードの元へ、苺と苺料理を献上しにいったところだ。
もう、グレンリードは苺料理を目にしただろうか？
食べてもらえただろうか？　苺を食材として認めてもらえただろうか？
考え出すと止まらず、ジルバートは心安らかではなかった。
苺ジャムに苺シフォン、そしてショートケーキ。
いずれもレティーシアの自信作だったが、献上する相手が問題だ。
銀狼王グレンリード。
若くして国王となり、二つ名までもつ青年だ。
笑みを浮かべることは滅多になく、敵対者には容赦ないと聞いている。
（それに殿下には、食べることがお好きではないというお噂もある……）
王城に勤める料理人を中心に、ひそかに囁かれている噂だ。

噂を裏付けるように、グレンリード配下の料理人は数が少なかった。

そんなグレンリードに苺料理を献上し、不興を買ってしまったら？

「レティーシア様、どうかご無事で――」

「料理長、心配しすぎじゃないですか？」

青ざめた顔のジルバートへ、料理人の一人が声をかける。

「レティーシア様なら、陛下のご機嫌を損ねるような振る舞いはされませんよ」

「……それはわかってる」

「けど、気になるんですね。まぁ、お気持ちはわからなくはないですけど……」

料理人の視線が、ジルバートの手元へ向いた。

しょりしょり。しょりしょり。しょりしょり。

ナイフを手に猛烈な勢いで、ジャガイモの皮をむいていた。

「あいかわらず、すごい速さですね。顔と手が別の人間みたいです」

ジルバートの傍らのボウルには、むかれたジャガイモがこんもりと積み上げられている。

野菜の皮むきはナイフで一つ一つ行わねばならず、地味に重労働だった。

下働きのメイドや、駆け出しの料理人が野菜の下処理を担当するのが通例。

ジルバートも見習い時代、毎日野菜をむいていた。

体に皮むき作業が染みついているせいか、不安や考え事がある時、皮むきをするのがジルバートの癖になっていた。

「皮むきをしてもらえて、俺達は助かりますが……。料理長って、ここまで心配性でしたっけ？　最近はずいぶん明るく、毎日楽しそうにしてたじゃないですか」

ジルバートは以前、ナタリーの離宮から追い出された件で、料理人として自信を喪失していた。

だがそれも、レティーシアのおかげで解決したはずだ。

「料理長、もっとどーんと構えていてくださいよ。『魔物の宝石』を恐れることなく口にした、かつてのたくましい料理長はどこへ行ったんです？」

「何を言うんだ？　あれくらい料理人として当然じゃないか」

「いやいやないです。ないっすよ」

料理人がぶんぶんと首を横に振った。

周りの料理人達も、同じように首を振っている。

「『魔物の宝石』を食べたって言ったら、レティーシア様もドン引きしてたじゃないですか」

「公爵令嬢として育ったレティーシア様には、刺激が強すぎたのかもしれないな」

「貴族とか平民とか関係なく、あれは引きますすって」

雑談の間にも、みるみるジャガイモの皮がむかれていく。

今日使う分の野菜を、ジルバートが全てむき終えた頃。

待望の、レティーシアが離宮へと帰ってくる。

ジルバートは厨房を飛び出し、真っ先にレティーシアの元へ駆けつけた。

「好評よ。陛下に、美味しいと言っていただけたわ」

「良かったです……‼」

ほっと大きく息をつき、ジルバートは気を緩めた。

こわばっていた肩の力が抜け、そうすると急に、目の前のレティーシアの姿が気になった。

（お美しいな……）

グレンリードの元へ赴いていたレティーシアは、いつもよりずっと着飾っている。

レースの重ねられた袖口に、見事な金糸の刺繍（ししゅう）が広がるスカート。髪は美しく編み込みが施され、耳元では滴型の、大粒の宝石が揺れている。

ともすれば衣装に負けてしまいそうな華やかな装いを、レティーシアは優雅に着こなしていた。

（さすが、王妃となられたお方だ……）

麗しい姿に、ジルバートはしばし見とれる。

レティーシアは厨房では、髪を一つ結びにしエプロンをまとっていた。

着飾ったレティーシアを前にすると、そのギャップのせいか、目が離せなくなってしまう。

「――ジルバートさん、どうされたんですか？」

「い、いえっ‼　なんでもありません‼　陛下とは、どのようなお話をされたのですか？」

ジルバートは我に返り、誤魔化すように話を振った。

レティーシアから、今日のグレンリードとのやり取りを聞いていく。

苺について。離宮周りの改造について。

そしてグレンリードが、食への関心に疎かったことについて。

「――それで私は、今度陛下の元を訪れた際も、料理をお持ちすることになったの」

「すごいですね‼」

「ジルバートさん達の協力のおかげよ。苺シフォン、気に入ってもらえたようだったから」

ありがとう、と。

告げるレティーシアに、ジルバートは胸を熱くした。

自分が関わった料理が、食にこだわらなかったグレンリードの心を動かしたのだ。

光栄で、料理人冥利に尽きることだった。

「これはぜひ次も、グレンリード陛下に美味しいと仰っていただきたいですね。次は、どのような料理を作るおつもりですか？」

「まだ決めていないのだけど、何がいいかしら？」

「悩みますね……」

「ええ、とても。……それで一つ、お願いしたいことがあるんです」

「何でしょうか？」

「一度、ジルバートさんの得意料理を食べさせてもらえませんか？　陛下に何を作るか考えるための、参考にしたいんです」

◇　◇　◇

「……よし、っと」

食材が揃っているのを確認し、ジルバートは一つ頷いた。

何を作るべきか。

どのような料理が、国王であるグレンリードの舌を楽しませるのか。

迷っていたところにちょうど、質のいい牛肉が入ったとの連絡があった。

「ローストビーフにしよう」

ジルバートの得意料理の一つで、見た目も豪華だった。

でんと置かれた牛モモ肉に、よく研がれた包丁をあてていく。

重すぎず、軽すぎず。必要な分量だけを、長年の経験を元に切り出した。

塩とこしょうをふり、味をなじませるため置いておく。

その間に、ソースを手早く作ることにした。赤ワインがベースのもの、にんにくの風味をきかせたもの、それにきのこをバターと合わせたものの三種類だ。

いずれも、こだわりぬき研究したレシピで、肉の味をひきたててくれるソースだった。

(三種類用意すれば、好みにぴったりのソースがあるかもしれない)

そう思いつつ、頃合いになった肉を手に取った。

フライパンに油を引き、肉を入れ片面ずつ焼いていく。

じゅわっという音と共に、食欲をそそる香りが立ち上がる。

(うん、この香り、やはりいい肉だな)

目を細めつつ、焼き色のついた肉を取り出す。

油紙で肉を包み、更にその周りを、布で何重にも巻いていく。

しばらくそのままにし、余熱が通ったら完成だ。

薄く切り分け、スライスオニオンと葉野菜、春人参のグラッセと付け合わせる。

食堂へ運びレティーシアの前に並べると、表情が明るく輝いた。

「まぁ‼　綺麗で美味しそうな色ね」

鮮やかなピンク色の断面は、作りたての証だった。

レティーシアはまず、赤ワインのソースをつけて食べるようだ。

「柔らかくてジューシーな肉の食感、これぞローストビーフよね。赤ワインのソースもコクがあって……これ、隠し味にバターを入れているのかしら？」

「はい。お気に入りいただけましたか？」

「ええ、とても美味しいわ」

レティーシアの称賛に、ジルバートは目を細めた。

（このお顔が見られて良かった）

自分の作った料理が、レティーシアを笑顔にしたこと。

それがたまらなく嬉しかった。

「こっちのソースもいただくわね」

きのことにんにくのソースをつけた肉を、順番に試していくレティーシア。

どちらも美味しそうに口にしていたが……食べ終わった今、なにやら考え込んでいた。

「レティーシア様、どうなさいましたか？　陛下にお出しするのがローストビーフでいいのか、迷われているのですか？」

「味は申し分ないし、見た目も華やかだと思うのだけど……」

レティーシアの考えは、ジルバートにもよくわかった。

一国の王、しかも今まで食に興味が無かったグレンリードへと出す一品だ。

思い悩んで、悩みすぎるということは無いはずだ。

相談するうち、料理好きな二人で話が脱線し、ローストビーフのソースへと話題が移った。

「ソースだけど、いくつか追加で試してみたいレシピがあるの。明日作ってみるから、今日の残りのローストビーフを、切り分けて使わせてもらってもいいかしら？」

「もちろんです。……あ、ただ、明日のローストビーフの肉は、今日のものより赤くなっているはずです。レティーシア様ならご存知だと思いますが、腐ったり痛んだりしたわけではないので、ご心配なさらないでください」

「ええ、知ってるわ。確か、ヘモグロビンのせいで赤くなるのよね」

「へもぐろびん？」

「血の中にある物質の一種よ。時間が経つと酸化して、できたてとは色が変わってしまって……」

レティーシアが黙り込む。

「どうされたのですか？」

「何か少し、気になって……」

考え込むレティーシアだったが、その後まもなくナタリーの離宮へと向かう時間になり、答えはでないままだった。

◇　◇　◇

「これが料理、ですか……」

ジルバートは驚いていた。

目の前にあるのは、塩の塊にしか見えない物体だ。ケイトの離宮で姉妹喧嘩に巻き込まれたレティーシアが、お詫びにもらった岩塩で作った料理だった。

「塩釜焼です。この木づちで割って、中身を食べてもらうんです」

レティーシアの言葉に従い、塩の塊を割ってゆく。

中の豚肉は、ほどよく塩気がきいていて美味しかった。

「素晴らしいです‼　新鮮な食べ方で、味もしっかりと美味しい。これこそ、陛下に献上するにふさわしい料理かもしれません」

「ありがとうございます。……ただこちら、陛下に出すにはもう少し改良が必要なんです」

「どのような改良を？」

「陛下にお出しする料理は、毒見を通さなければなりません。塩釜焼を叩き割る前に、毒見用の肉を取り出せるようにしたいんです。理想としては、塩の一部を開閉可能な蓋にして、そこから肉を取り出して蓋を閉められるように、改良することは可能でしょうか？」

「そうですね……。焼いた後に、上手く切れ込みを入れればいけるかもしれません」

ジルバートは思考を進めた。

簡単には成功しないかもしれないが、挑んでみる価値はある。

それほど塩釜焼は、様々な面で画期的だった。

「食べ方の衝撃と美味しさに加え、温かさまで陛下に献上できますからね」

「……温かさ？」

「外側の塩で熱が閉じ込められてますから、温かさを長く保てるはずです」

「確かにそうね……それよ!!」

はっとした様子で、レティーシアが声を上げた。

「それよジルバートさん!!　おかげでようやくわかったわ!!」

「レ、レティーシア様!?」

「温かさよ!!　前ローストビーフの色の変化が気になった時、何が気になってたかもわかったわ。陛下はできたての料理が食べられない。温かい料理を、口になさることがないのよ」

レティーシアは呟きながら、何やら考え始めた。

「毒見があるから、当然のことだけど……。うっかりしていたわ。だとしたら塩釜焼を改良するか、それともその場で何か、料理を温めなおすことができたら？」

喜んでいただけるかも、と。

レティーシアはその思い付きを元に、グレンリードへ献上する料理を作ることになるのだった。

◇◇◇

温めることで美味しく感じられ、加熱がしやすい料理。鶏肉のクリームスープとトーストを献上しに、レティーシアは出かけて行った。

その間ジルバートは厨房で黙々と、春人参の皮をむいていた。

（こういう時は癖で、野菜を手にしてしまうな……）

苦笑しながらも、素早い手つきで皮をむいていく。

今ジルバートが使っているのは、ナイフではなく別の道具だ。

レティーシアが整錬で作った、ピーラー、という道具。

持ち手の先に細い刃がついていて、簡単に野菜の皮がむけるようになっている。

（とても便利な道具だ。おかげで、厨房の作業効率もぐんと上がっている）

野菜の下処理の時間が短縮され、その分を味付けや他の作業に回すことができた。

他の料理人達にも好評で、ピーラーを多用する料理が、この厨房の流行になっている。

（本当に、レティーシア様はすごいお方だ）

泡立て器にピーラー。シフォンケーキに塩釜焼。今までにない料理と料理道具をもたらし、それでいて驕ることもなく、楽しそうに料理するレティーシア。

ジルバートはますます彼女への、感謝と尊敬の念を深めていた。

今日グレンリードに献上するのは、そんなレティーシアと共に、試行錯誤して作った料理だ。温めなおした際、より美味しさが引き立つよう調整してあるから、グレンリードにも気に入ってもらえると信じられた。


――やがて、むかれた春人参が山盛りになった頃。

「ジルバートさん、大成功よ‼　温かいと、陛下に喜んでいただけたわ」

レティーシアの告げた言葉に、安堵と嬉しさを覚えて。

でも同時に、楽しげにグレンリードのことを語るレティーシアの姿に、なぜか切なさを感じつつも。

「よかったです。私も料理人として、とても誇らしいです」

ジルバートは微笑んだのだった。

「空を飛びたい、だと？」

レティーシアはいつも、グレンリードの予想を軽々と超えていく。

温かい料理を食べた日以来、グレンリードはそう理解していた。

理解していたが……それでもやはり驚いた。

「……どうしてそうなった？」

眉間に皺をよせ、グレンリードはレティーシアからの手紙を読み込み始めたのだった。

◇　◇　◇

「フォン、来て。ここがあなたの、新しい寝床よ」

「きゅあっ‼」

私とフォンの前には、木で組み上げられた小屋があった。

両開きの戸を開けると、中にはワラが敷き詰められている。

「きゅいっ」

てしてし、ガサガサ。

フォンは前足と嘴でワラをつつくと、その上に身を伏せた。

腹を地面につけた姿は、巣の上に陣取った鳥を思い起こさせる。

くつろいでいるようだった。

「気に入ってもらえたみたいで良かったわ。しばらく、ここで待っててね。またあとで来るわ」

ちょこんと、半ばワラに埋もれるようなフォンに声をかけ小屋を出る。

もうじきに、狼達が来る時間だ。

狼達とフォンは、間近で顔を合わせたことが無かった。

フォンは、大きな体をした幻獣だ。狼達は遠くからでも警戒心を見せていた。

急にフォンを近寄らせては、狼達が怯えてしまうかもしれない。

これからゆっくりと慣らすつもりで、フォンには狼に近寄らないよう言い聞かせてあった。

小屋から離れ、前庭の木の下で狼を待っていると。

「きゃうっ‼」

最初にやってきたのは、仔狼(こおおかみ)のテラだった。

狼のぬいぐるみを作りミルクを飲ませて以来、私はテラに懐かれている。

つい数日前、垂れていた耳が立ったテラは、すくすくと大きくなっている。

尻尾をぶんぶんと振るテラを、両腕で抱き上げてやった。

「少し重くなってきたわね」

「わふ？」

柔らかく、温かい。ふわふわもふもふしている。

仔狼のテラは、他の狼より毛が柔らかかった。

じっと見上げてくるこげ茶の瞳に、メロメロになってしまう。

「かわいい……‼」

ぎゅっと抱きしめると、テラがくすぐったそうに声を上げた。

かわいいすぎる。

抱き心地を堪能し、地面へとテラを下ろすと、他の狼達もやってきた。

「いらっしゃい」

「レティーシア様、今日もお邪魔しますね」

エドガーに連れられ、狼達が前庭へと入ってくる。

狼の中でも特に人懐っこい一頭、ジェナがそばへと寄ってきた。

背中を撫でてやると、ぐりぐりと頭を押し付けてくる。頭を撫でて欲しいようだ。

期待に応え、手を頭の上へもってゆく。

耳がぺたりと、後方へと伏せられる。

私が撫でやすいように、という、ジェナのいつもの癖だった。

「よしよし、今日もいい子ね」

「ぐうぅ……」

もふもふとした頭を撫でると、ジェナが目を細めた。

体をすり寄せ、甘えてくるジェナだったけど、

「がうっ‼」

鋭く吠え、上空を見上げた。

他の狼達も皆、視線を上へと向けている。

「ぎゅあっ‼」

フォンだ。

猛禽の翼をはためかせ、私の隣へと着地した。

「がるるる……」

低い唸り声が響く。警戒した狼達の声だ。

「フォン、私、小屋で待っててって言ったわよね？」

「きゅい……」

フォンは申し訳なさそうに鳴きつつも、引き下がろうとはしなかった。

その瞳は、じっと狼達へと向けられている。

「フォン、どうしたの？　今まで狼の近くには来なかったのに、何かあったの？」

問いかけると、ふるふると頭を振られてしまった。

……理由はわからないが、寝床へ帰るつもりは無いようだ。

「……レティーシア様、今日のところは、狼達が怯えているので帰らせてもらいますね」

そう言ってエドガーと狼達が去っていくまで、フォンはその場に居続けたのだった。

◇　◇　◇

その後もフォンは、狼達が来るたび近くへとやってきた。

今までは、私が来ないでと言えば従ってくれたのに、今回は効果が無いようだ。

狼達を威嚇したり、襲い掛かることはなかったが、翼を持ち体の大きなフォンに、狼達は警戒心を抱いたままだ。

このままでは、狼達のストレスを考え、離宮にやってこなくなるかもしれない。

だからといって、無理やりフォンを閉じ込めることもしたくなかった。

どうしたものかと、フォンと狼達を見ていると、エドガーが話しかけてくる。

「狼番の先輩にも相談し、考えてみましたが……。おそらくフォンは、縄張り意識をもっていて、だから狼達が気になるんだと思います」

「縄張り……。でもフォンはつい最近まで私の命令を守って、狼に近づかなかったわ。急にどうしたのかしら？」

「たぶん、正式な自分の寝床ができたからだと思います」

「……あぁ、そういうことね」

言われてみれば納得だ。

フォンは賢いが、グリフォンだ。

人間の言葉を理解し、まるで私の騎士のようにふるまうが、しかし人間ではなかった。

縄張りに踏み込んできた狼を無視することは、グリフォンとしての本能が許さないようだ。

「うーん、何か解決策はあるかしら？　フォンは狼達が気になって、近くで観察してるだけみたいだし、狼達が、フォンに慣れてくれればいいのだけど……」

「……狼達は、まだまだ時間がかかりそうです」

「そうよね……」

ここは狼達をしばらく離宮から遠ざけ、その間にフォンに、じっくり言い聞かせた方がいいのかもしれない。

狼と触れ合えなくなるのは寂しいけど、無理に連れてくるのもかわいそうだものね……。

「レティーシア様、落ち込まないでください。解決策が一つあります」

そう言って、エドガーが提案した言葉に、

「レティーシア様がフォンに乗って、空を飛べばいいんです」

「……はい？」

私はぽかんと、口を開いたのだった。

◇　◇　◇

エドガー曰く。

この王城には飛竜や天馬など、空を駆ける、狼より大きな幻獣がやってくることがあるらしい。

その際、狼達が警戒心を持ち、ストレスを抱えてしまった場合、どうしていたかというと。

幻獣に人間が乗り、空を飛ぶところを見せたらしい。

そうすれば、

「あの幻獣は人間に従っているから安全だ」

と狼達が理解し、警戒心が下がるようだった。

翼を持つ幻獣が、自身の領域である大空で人間に従っている、というのは、狼たちにこれ以上なくわかりやすく、幻獣と人間の力関係を示すからだ。

「……理屈はわかります。ですが私は、レティーシア様がフォンと空を飛ぶのは反対です」

ルシアンが渋い顔をしている。

珍しくも眉間に皺をよせ、睨むようにフォンを見ていた。

「誰か別の人間に、フォンに乗らせればいいのです」

「それは無理よ。グリフォンは、主と認めた人間以外は乗せてくれないもの」

「ですが空を飛んでいる間に、振り落とされてしまったら……」

「だからこそ、私が乗るのよ」

私が使える魔術には、風を吹かせ体を浮かせる術もある。

浮遊の魔術は魔力を使い続けることで、継続的に発動し浮力をコントロールすることができる。

私の魔力量なら、フォンに乗っている間ずっと、浮遊の魔術を使っても問題ないはずだ。

「ルシアンなら、知っているでしょう？　私が浮遊の魔術を使えること、そして浮遊魔術をお兄様に鍛えられたことも、あの特訓の日々も……」

思わず震えだしてしまう。

私の二番目のお兄様は優秀な軍人で、そしてとてもスパルタだった。

獅子は子を千尋の谷に突き落とす、なんて言葉を実行するみたいに。

浮遊魔術の訓練のため、実家の大きな木の上から、落とされたこともあったのだ。

……お兄様のスパルタ魔術教育のおかげで、スミアやフォンを速やかに魔術で制圧することができたのは事実だけど。

もう二度と、お兄様と訓練はしたくなかった。

「お兄様との訓練、今でも夢にみるものね……」

「私もです……」

ルシアンも、私につきあいお兄様の訓練に巻き込まれていた。

訓練の途中で脱落しなかったのはすごいし感謝しているけど、トラウマになっているようだ。

「……まぁ、今はお兄様のことは置いておいて。フォンに乗ってみるわね」

フォンの背中にかけられた、革製の鐙（あぶみ）にまたがった。

いきなり空を飛ぶのはさすがに怖いので、まずは地上で、自由に乗りこなせるように練習だ。

お兄様の特訓のおかげで乗馬は得意だけど、グリフォンに乗るのは初めてだ。

馬よりいくらか、胴体が太いような？

胴体の横につけた私の足に、しなやかで力強い筋肉の感触が伝わってくる。

「フォン、よろしくね？」

フォンの背中を撫で、ゆっくりと歩かせ始めたのだった。

◇◇◇

それから私はフォンと訓練を続け、陛下へと手紙を出した。

私の離宮周辺の森の上空を中心に、フォンに乗って飛び回りたいということ。

陛下のおわす本城やナタリー様の離宮などは避けるので、許可をいただきたいということ。

突拍子もない願いだ。少し不安だったけど、無事許可が下りたのだった。

「準備よし、っと」

警戒する狼達の前で、フォンが体を伏せた。

背中に手をかけまたがる私の動きに、狼達が注目している。

心臓がドキドキしてくる。

魔術で浮かぶことはできるけど、自由に空を飛ぶのは初めてだ。

鼓動を抑え、命綱代わりの浮遊の魔術を発動させると、フォンへと号令をかけた。

「フォン、お願い。私を空へ連れて行って‼」

「きゅあっ‼」

翼がはためく。

風が舞い上がり、体が空へと持ち上がった。

「わぁ……‼」

ぐんぐんと上昇していく。

離宮の屋根を超え上へ上へ。

よく晴れた青空が、視界一杯に広がっている。

「すごい……‼」

翼がはばたく音が響いた。

しなやかな筋肉を唸らせ、フォンが力強く飛んでいく。

頬にあたる風が気持ちいい。

自由に空を飛ぶのは、とても楽しかった。

「きゅぁぁっ」

フォンも嬉しそうに鳴いている。

地上を見ると、私達を追うように、狼達がついてきていた。

まだ小さなテラも、遅れまいと一生懸命走っているようだ。

「横に大きく円を描くように、飛ぶことはできるかしら？」

頼むとフォンがわずかに体を傾け、水平の旋回を始めた。

ぐるぐると、見えない円の上を回るように飛ぶ私達を、円の中心で狼達が見上げている。

テラも足を止め、こちらを眺めているようだ。

手を振ると、きゃんきゃんと鳴き声が上がった。

狼達はしばらく私を見上げ満足したのか、離宮へと帰っていくようだ。

「あの様子なら、フォンへの警戒心も薄れそうね」

目的達成だが、魔力量にはまだまだ余裕があった。

フォンと一緒に、空中散歩を楽しんでいると、

「ん？　あれはぐー様？」

木立の下に、見覚えのある姿が見えたような？

気になり、フォンに高度を下げさせる。

低空飛行させ、木々の切れ目を覗き込み、

「え、陛下？」

そこにいたのは、ぐー様ではなくグレンリード陛下だった。

どういうことかと、フォンに近くへ着陸してもらう。

「陛下、なぜここに？　この近くに、銀色の狼がいませんでしたか？」

フォンから降り挨拶をしつつ、素早く服装を整える。

乗馬用の動きやすいドレスの私に対し、陛下は今日もきっちりと服を着こんでいた。

「何を言っている？　狼など見かけていないぞ」

「そうですか。私の気のせいだったかもしれません。……陛下はなぜこちらに？」

「おまえが空を飛ぶと聞いたから、政務の息抜きの散歩のついでに見に来ただけだ」

「こんな森の中を、お一人で？」

「気配を隠した護衛が、近くに待機している」

そうなのか。

私には全く気配が掴めないけど、国王である陛下の護衛なら当然なのかもしれない。

一人納得していると、陛下の指が頭の横へと伸びてきた。

「陛下？」

視界の端に見える、長い指にどきりとしてしまった。

これほどまでに、陛下に近づかれたのは初めてだ。

陛下は表情を動かすこともなく、そっと私の頭へと触れてきた。

「髪が少し絡まっている。風にあおられたせいだな」

「……ありがとうございます」

髪を直してくれたようだ。

お礼を言うと、陛下は私から離れ背を向けてしまった。

「政務の時間が迫っているから、私は帰らせてもらおう」

そう告げて、陛下は姿を消してしまったのだけど。

私の鼓動はしばらく、速まったままなのだった。

◇　◇　◇

「まさか本当に、あいつ自身が飛ぶとはな」
王城の自室で、グレンリードは呟いていた。
飛行許可を求める手紙を受け取った時、思わず二度見したものだ。
（狼のためなら、当たり前のように空へも飛び出す、か……）
王妃として公爵令嬢として、どこまでも型破りな行動だった。
万が一、フォンから落ちてしまったらと心配で。
そのせいでわざわざ、銀狼に化けて様子を見に行ったのだった。
（だがあいつは高さに怯えるでもなく、空を飛び楽しそうだった）
フォンにまたがり、金髪をなびかせて飛ぶレティーシアは笑っていた。
遮るものも無い陽光を全身に受けた彼女が、グレンリードには眩しく見えたのだった。
（どこまでも予想外で、目が離せないな……）
グレンリードはため息をついた。
予想外なのは、レティーシアの行動だけではなかった。
グレンリードはあくまで、銀狼の姿でレティーシアを観察するつもりだったのだ。
なのにレティーシアと会話を交わしたいと、人間の姿になってしまっていた。

王とお飾りの王妃という関係上、人間の姿でレティーシアに気軽に会うことは難しい。

先ほどあの場であれば、周りには誰もいなかったから問題ない、と。

そう理解したせいか、気づけば銀狼から変化してしまっていた。

グレンリードとしては、予想外の変化だった。

（……だがおかげで、あいつの髪を直せた）

レティーシアは驚いたようだった。

突然のグレンリードとの接触に、混乱していたのかもしれない。


――こちらばかり、レティーシアに驚かされていては不公平だったから。

「だからあれで、お相子だ」

驚き、かすかに頬を赤くしたレティーシアは、思いのほかかわいらしかった。

満足げに息を吐き出すと、グレンリードは笑ったのだった。

あとがき

あとがきではお久しぶり。

作者の桜井悠です。

おかげ様でこうして、「転生先で捨てられたので、もふもふ達とお料理します」の二巻を出すことができました。

一巻を購入してくださった皆様、ありがとうございます！

こちらの二巻も、凪かすみ様のイラストと共にお手元に置いていただけたら幸いです。

ちょうど、モノクロ挿絵のデータをいただいたところなのですが、一巻に引き続き、とても素敵なイラストになっています。

イラストのいっちゃん、かわいすぎですね。

ジルバートさんに引いている様子が愛らしく、もう一枚の、レティーシアに肉球で寄り添ういっちゃんの姿もいいです。

更に凪かすみ様には、二巻で登場したキャラや料理も、たくさん描いていただいています。

ケイトとイ・リエナたちと、二つ尾狐の並ぶカラー口絵。鱗馬のつぶらな瞳が描かれたモノクロイラスト。表紙イラストにはずらりと料理が並び、背景ではフォンなど何匹ものもふもが戯れていますので、ぜひご確認ください。

そしてそして。

書籍版二巻を出せたことに加え、嬉しいお知らせがもう一点ございます、
コミカライズ版一巻が、双葉社モンスターコミックスｆより発売中です！

レティーシアたちは生き生きとコミカルに。狼達のもふもふっぷりも素晴らしい漫画になっています。

中でも一押しは、ぐー様の描写でしょうか？

レティーシアに呆れてみたり、ごすごすと頭突きをしてみたり。狼ながら、とても表情豊かに、かつかわいく描いていただいています。

もにつなのに様の漫画と一緒に、レティーシアとぐー様のちょっとした書下ろし小説も収録されていますので、そちらもお読みいただけると嬉しいです。

本作は幸運なことに、凪かすみ様やもにつなのに様、編集様に印刷所の方々、それに読者の皆様の、たくさんの応援をいただき二巻を出すことができました。

本当にありがとうございます。

また、三巻のあとがきでお会いできたらいいなと願いつつ。

小説家になろうなどで執筆を続けていくつもりですので、よろしくお願いいたします。

本書に対するご意見、ご感想をお寄せください。

あて先

〒162-8540 東京都新宿区東五軒町3-28
双葉社　Mノベルスｆ編集部
「桜井悠先生」係／「凪かすみ先生」係
もしくは monster@futabasha.co.jp まで

Mf ノベルス

転生先で捨てられたので、もふもふ達とお料理します～お飾り王妃はマイペースに最強です～②

2020年5月18日　第1刷発行

著　者　桜井悠

カバーデザイン　AFTERGLOW

発行者　島野浩二

発行所　株式会社双葉社
〒162-8540　東京都新宿区東五軒町3番28号
［電話］03-5261-4818（営業）　03-5261-4851（編集）
http://www.futabasha.co.jp/（双葉社の書籍・コミック・ムックが買えます）

印刷・製本所　三晃印刷株式会社

［電話］03-5261-4822（製作部）
ISBN 978-4-575-24278-2 C0093　